Werner Köhler

DREI TAGE IM PARADIES

Roman

Kiepenheuer & Witsch

FSC
www.fsc.org
MIX
Papier aus verantwortungsvollen Quellen
FSC® C014496

Verlag Kiepenheuer & Witsch, FSC-N001512

1. Auflage 2011

Umschlaggestaltung: Rudolf Linn, Köln
Umschlagmotiv: © Privatbesitz des Autors
Autorenfoto: Bettina Fürst-Fastré
Lektorat: Klaus Bittner
Gesetzt aus der Minion
Satz: Buch-Werkstatt GmbH, Bad Aibling
Druck und Bindearbeiten: GGP Media GmbH, Pößneck
ISBN 978-3-462-04301-3

There is a crack, a crack in everything
That's how the light gets in.

Leonard Cohen »Anthem«

FABERS IRRITATION

I.

Der nächtliche Anruf brachte Unordnung in Fabers Leben. Ein Brief für ihn? So ungewöhnlich, dass Sandra es für nötig befunden hatte, ihn trotz des Zeitunterschieds ohne Aufschub darüber zu informieren. Konstantin Karamanolis stand als Absender auf der Rückseite des Couverts. Ein Mann, auf dessen Existenz in Fabers Leben nur noch der Geburtsname in seinen Ausweispapieren hinwies. Für einen Scherz war die Sache eindeutig zu makaber.

Ein Brief seines Vaters mit dem handgeschriebenen Zusatz: *persönlich.* Vor zwei Tagen in Griechenland aufgegeben, überbracht von einem FedEx-Boten. Eine Eilzustellung von einem Mann, den Faber im Alter von fünf Jahren zum letzten Mal gesehen hatte und an dessen Aussehen er sich nicht mehr erinnern konnte. Von einem Mann, den er seit beinahe einem halben Jahrhundert für tot hielt.

Vor den Scheiben des Hotelfensters zuckten erste Blitze, tauchten den Nachthimmel über Santiago für Momente in ein bedrohliches Violett. Seit Tagen schon war die Luft mit heißem Wasserdampf gesättigt. Nach wenigen Metern im Freien überzog ein klebriger Schweißfilm die Haut. Die hohe Luftfeuchtigkeit raubte der Stadt und ihren Bewohnern die Lebensenergie. Der aufkommende Wind würde das Hochdruckgebiet in Richtung Anden verschieben, das Gewitter eine kurze Erleichterung bringen.

Doch weder die vom Hotelfenster bei Nacht besonders gut erkennbare Struktur der Innenstadt, noch die Naturgewalten, die sich über dem weitläufigen Hochplateau entluden, vermochten Faber vom Schock der Nachricht abzulenken. Eine Nachricht, für die es keinen schlechteren Zeitpunkt hätte geben können.

Faber wickelte ein Glas aus der sterilen Verpackung und goss es halb voll mit dem schottischen Quellwasser, das bei Buchungen stets für ihn geordert wurde. Er verschloss die Flasche sorgfältig, bevor er trank. Die Kühle im Mund schenkte ihm einen kurzen Moment der Entspannung. Mit dem letzten Schluck nahm er eine Tablette. Er legte den Kopf in beide Hände und rieb sich mit den Handballen die Augenhöhlen. Wenigstens der dumpfe, pulsierende Schmerz hinter seinen Augen könnte doch endlich nachlassen.

Sandras Anruf hatte ihn nicht aufgeweckt, das Schrillen des Telefons ihn nicht wirklich erschreckt. Er war am vergangenen Abend erst spät zu Bett gegangen, nachdem er rastlos die Straßen durchstreift hatte, auf der Suche nach nichts, außer dem Ende der Nacht. Vollständig bekleidet hatte er sich aufs Bett gelegt und eine kleine Ewigkeit regungslos auf den rötlich-braunen Fleck an der Zimmerdecke der eleganten Suite gestarrt. Erst nachdem seine Augen zu brennen anfingen, hatte er sich ausgezogen und auf die Seite gerollt. Eingeschlafen war er nicht.

Jetzt musste Faber dem Impuls widerstehen, diesem Ort, der ihm von Minute zu Minute unerträglicher wurde, auf dem schnellsten Wege zu entfliehen. Unsichtbar werden war ihm zur zweiten Natur geworden. Und hatte ihm mehr als einmal das Leben gerettet. Er konnte Länder und Städte, aber auch Menschen ohne jede Gefühlsregung verlassen. Darin war er manchem seiner Kollegen ähnlich. Das Heer der Kriegsnomaden teilte sich in zwei Lager auf: in diejenigen, die einen starken Familienzusammenhalt brauchten, um ein Leben, wie sie es führten, überhaupt durchstehen zu können. Und in die weitaus größere Gruppe derjenigen, die sich fast schon spielerisch der Gefahr hingaben.

Die Nachricht vom Brief seines Vaters hätte ihn auch an jedem anderen Ort der Welt erreichen können. Was ihn aufschreckte, war die zeitliche Parallelität. Er begleitete Inkas Sterben jetzt schon etwas länger als eine Woche. Direkt nachdem ihn in Europa der Anruf ihrer Familie erreicht hatte, war er nach Chile geflogen. Dabei hatte er geschworen, niemals wieder hierher zurückzukehren.

Lange konnte es nun nicht mehr dauern. Die einstmals so schöne Frau verfiel von Tag zu Tag mehr. Wenn die Ärzte recht behielten, würde sie die nächsten vierundzwanzig Stunden nicht überleben. Fabers Tasche stand jedenfalls schon zur Abreise fertig gepackt an der Hotelzimmertür.

Bei Sonnenaufgang checkte er aus. Sein Weiterflug nach Punta Arenas, wo er zu fest vereinbarten Werbeaufnahmen erwartet wurde, war erst für den nächsten Tag gebucht, aber in diesem Hotel, das stand für ihn fest, würde er keinesfalls bleiben.

Auf dem roten Teppich, direkt hinter der Drehtür, verharrte er kurz und schaute zum Himmel, wo die Sonne den Frühdunst zu vertreiben suchte. Er schob sich die Sonnenbrille vor die Augen und überquerte die Straße. Gegenüber lag eine für südamerikanische Verhältnisse prachtvolle Parkanlage. Wege und Pflanzen überzogen einen aufgeschütteten Hügel, von dessen höchstem Punkt man mit etwas Glück am Horizont die Kette der Anden sehen konnte.

Er spazierte die Avenida Bellavista entlang, überquerte den Río Mapocho und bog auf Höhe der Avenida Recoleta schließlich in die Straßen des historischen Zentrums ein. Faber schlenderte über breite Gehwege und betrachtete die Auslagen eines Haushaltwarengeschäfts mit dem gleichen entrückten Gesichtsausdruck wie die Perückensammlung des daneben gelegenen Friseursalons. Er fotografierte einen Mann undefinierbaren Alters, der sich mit einem Mitarbeiter der städtischen Müllabfuhr um den Inhalt einer Tonne stritt, und bestaunte nicht zum ersten Mal die Ähnlichkeit der Metropole mit dem europäischen Paris.

Etliche Boulevards, Litfaßsäulen und Pissoirs weiter erreichte Faber das Herz der Stadt, die Plaza de Armas. Zwischen Bürotürmen, Rathaus, Kathedrale und Hauptpost war der von Bäumen umsäumte Platz eine Bühne für Flaneure, Straßenhändler, Gaukler und Taschendiebe. Belebt bis tief in die Nacht, wenn die Stadt sich schon wieder für den neuen Tag herausputzte, boten sich hier Männer und Frauen in dunklen Ecken für jeden Dienst an, den sie für verkäuflich hielten. So früh am Morgen empfand Faber die Luft über der Plaza noch als frisch und klar. In wenigen Stunden, wenn die Sonne ihren Zenit erreichte, würde die Schwüle zurückkehren und mit ihr die Abgase von Hunderttausenden Autos den Menschen das Atmen fast unmöglich machen.

Eine Brise strich vom hundert Kilometer entfernten Pazifik über das Land. Die ersten Sonnenstrahlen lugten über die Bebauung und spiegelten sich in den Pfützen. Die Grünanlagen, die den Platz nach allen vier Himmelsrichtungen begrenzten, waren gepflegt. Es roch nach feuchter Erde, vermischt mit dem süßlich schweren Duft von Rosen.

Faber zog die D-Lux4 aus der Hosentasche. Die kleine Kamera war eine Sonderedition und die einstellige Seriennummer auf dem Metallplättchen Ausdruck für seinen Stellenwert unter den Gegenwartsfotografen.

Bei der Arbeit trat Faber den Menschen ohne jede Scheu entgegen. Für Porträtaufnahmen ein Teleobjektiv einzusetzen, wäre ihm niemals in den Sinn gekommen. Es hätte ihn des intimsten Moments seiner Arbeit beraubt. Niemals durfte sein Auftritt die Menschen stören, da sie sonst ihr Verhalten ihm und der Kamera gegenüber grundlegend verändern würden. Der Ausdruck auf ihren Gesichtern sollte wahrhaftig sein. Faber wollte die großen und kleinen Dramen hinter ihrer

Stirn sichtbar machen. Falten, die das Leben in ihr Gesicht gegraben hatte. Nur einen Gesichtsausdruck, ein Starren vielleicht, ein verrutschtes Lächeln, ein Schielen, das Aufblitzen eines Gedankens brauchte er, um sich für sie zu interessieren.

Wenn er eine Situation als heikel einstufte, dann deutete er kurz auf seine Kamera und sah dabei seinem Gegenüber fest in die Augen. Meistens erhielt er ein zustimmendes Nicken, und von dieser Sekunde an wurde der Fotograf für seine Modelle unsichtbar. Ein Vorgang, der ihn nach all den Jahren als Fotograf immer noch faszinierte. Wenn der geringste Widerwille gegen die Aufnahmen spürbar wurde, akzeptierte er den Wunsch nach Privatsphäre und verschwand, ohne auch nur den Versuch unternommen zu haben, sein Gegenüber umzustimmen.

An diesem Morgen stieß er auf keinerlei Ablehnung.

Als die Sonne begann, die Konturen aufzuweichen, verzog sich Faber in einen alten Eissalon. Im hinteren Teil des Ladens quetschte er sich in eine Sitzecke, ehemals rotes Leder, im Rücken brüchig, auf dem Sitz abgewetzt-speckig. Er wartete auf den Kellner und bestellte einen starken Kaffee, einen, der einem Espresso am ähnlichsten und vom meist ausgeschenkten Nescafé am weitesten entfernt war.

Die Arbeit hatte Faber Klarheit verschafft. Er hatte sich entschieden, vorerst keinen weiteren Gedanken an den mysteriösen Brief zu verschwenden. Er hatte sich nur noch nicht aufraffen können, dies auch Sandra mitzuteilen.

Sandra war seine persönliche Agentin, sein Büro und auch sein Zuhause. Sie besaß fast unbegrenzte Vollmacht und hatte Anweisung, ihn mit bürokratischen Dingen nur zu behelligen, wenn es absolut unumgänglich war. Für diesen Service zahlte er ihr eine Menge Geld. Die restlichen Transaktionen steuerte er von seinem Laptop. Ihm war schleierhaft, warum nicht mehr Menschen die Freiheit wählten, sich jederzeit an jedem Ort der Welt aufhalten zu können.

Sandra hatte von ihm klare Anweisungen verlangt, was mit dem Brief zu geschehen habe. Sie war wie immer neugierig gewesen, schien aber auch ein wenig um ihn besorgt. Wahrscheinlich wollte sie weitere Irritationen von ihm fernhalten, die einer termingerechten Ablieferung seiner Arbeiten im Wege stehen könnten. Er verstand schon, dass ihr inzwischen die Argumente ausgingen, mit denen sie seine immer zahlreicher werdenden Ausfälle den Auftraggebern gegenüber begründen konnte. Doch das war es nicht allein: Sie hatte sich vor Monaten in ihn verliebt und hoffte nun, ihn mit ihrer Fürsorge für sich gewinnen zu können. Zumindest sah Faber das so. Dabei hatte er nur eine einzige Nacht mit ihr verbracht. Nicht mehr Zeit also, wie mit jeder anderen Frau vor und nach Sandra auch. Obwohl sie ihm am nächsten Morgen versichert hatte, dass das kleine Abenteuer keinesfalls ihre Zusammenarbeit belasten müsse, wusste es Faber besser.

Sandra war eine kluge Frau. Sie hatte ein interessantes Gesicht mit einer markanten Nase und einen ganz eigenen Humor. Manchmal vergaß Faber in ihrer Gegenwart die Zeit. Eine junge Frau, die wusste, was sie wollte, die sehr selbstständig war, und bereit, Freiräume zuzulassen. Er hätte Sandra ebenfalls lieben können, wenn er Interesse an einer Beziehung gehabt hätte. Die gemeinsame Nacht war ein Fehler gewesen.

Endlich zog Faber das Handy aus der Innentasche seiner Reisejacke und schickte ihr eine Kurznachricht: Leg den verdammten Brief, schrieb er, und setzte verdammt in Anführungszeichen, wofür er ewig brauchte, weil er sich mit den Sonderzeichen auf der Handytastatur schwertat, einfach in mein Fach. Gruß Trini.

Trini Faber war sein Künstlername. Er bestand aus der Kurzform seines tatsächlichen Vornamens Trinidad (angeblich der Ort seiner Zeugung) und seinem Rufnamen aus Jugendtagen, als er ständig einen weichen Faber-Castell 2B-Bleistift hinter dem Ohr trug und alles aufzuschreiben oder zu zeichnen versuchte, was ihn faszinierte. Ein Faber-Castell steckte auch heute immer noch in seiner Jackentasche.

Faber nahm ihn zur Hand, um die Bildnummern der morgendlichen Serie in sein schwarzes Notizbuch einzutragen, während er mit der freien Hand den schlechten, aber heißen Kaffee schlürfte. Das Wasserglas hatte er dem Kellner gleich wieder zurück auf das Serviertablett gestellt und dabei den Kopf geschüttelt. »Kein Wasser«, hatte er auf Spanisch geflüstert und sich, ohne eine Antwort abzuwarten, gleich wieder über das Display der Leica gebeugt.

Bürokräfte eilten zur Arbeit. Schuhputzer bezogen ihren Platz vor dem Thron aus dunklem, fast schwarzem Holz. In den vergoldeten Scharnieren brach sich das frühe Licht der Sonne. Limonadenverkäufer brachten ihre Läden in Position und die fliegenden Händler hielten Ausschau nach den ersten Touristen, die sich von den Uhren- und Schmuckkollektionen im Futteral ihrer Jacketts blenden ließen. Bettler mit tatsächlichen Gebrechen stritten sich mit solchen, die nur für eine begrenzte Zeit erblindet waren, um die besten Plätze. Die unvermeidlichen Straßenmusiker vertrieben sich die Zeit vor dem ersten Einsatz, indem sie jungen Mädchen in Schuluniform eindeutige Blicke zu- und anzügliche Bemerkungen hinterherwarfen. Nonnen verließen den Schutz der Klostermauern und strebten zwischen Büschen und Bänken hindurch der Kathedrale auf der Westseite des Platzes entgegen. Eine Horde Schulkinder jagte dem Ball so ausgelassen hinterher, als läge allein in diesem Spiel der Sinn des Lebens.

Faber nahm nicht aktiv am Leben teil. Seine Position befand sich außerhalb des Schachbretts. Er war der stille Beobachter, keine der handelnden Figuren. Er hatte aus der Not eine Tugend gemacht, aus einem Defekt seinen Beruf.

Normalerweise entlud Faber seine Kamerachips jeden Abend. Er sortierte die Bilder im Laptop mithilfe seiner Notizen, bearbeitete und speicherte sie anschließend auf externen Platten und formatierte die Speicherkarten für den nächsten Einsatz. Dieser Angewohnheit war er in der vergangenen Nacht nicht gefolgt. Deshalb zeigte das Display nach den letzten, den soeben erst entstandenen Aufnahmen, das Bild einer ausgemergelten Frau. Sie lag auf einem Krankenbett, den Kopf auf einem dünnen Kissen. Man konnte immer noch ihre einstige Schönheit erahnen. Schläuche steckten in ihrem Hals, in der Nase und ihren Armen. Das an den Schläfen bereits ergraute Haar klebte ihr auf der Stirn. Bei den Aufnahmen hatte sich Fabers Kamera nie weiter als fünfzig Zentimeter vom Gesicht der Frau entfernt befunden. Die Augen geschlossen, den Mund geöffnet, röchelnd, Speichelbläschen in den Mundwinkeln. Ihre Kieferknochen traten deutlich unter der pergamentfarbenen Haut hervor. Der Todeskampf hielt die Frau bereits umfangen.

Faber schaltete die Kamera aus und schob sie zurück in die Seitentasche seiner Cargohose. Unsicher strich er mit der Hand über seine unrasierten Wangen, über das Kinn, den Hals. Mechanisch wiederholte er die Bewegung, während er an seiner Wasserflasche nippte. Sein Blick glitt in die Ferne, verließ das Café, überquerte die Plaza de Armas und die Kathedrale Intendencia, flog über die Slums der Vorstädte hinaus auf das fruchtbare Plateau mit seinen kilometerlangen Reihen von Rebstöcken, die langen Kehren hinab zum sechshundert Meter tiefer gelegenen Valparaiso, wo er schließlich auf den Pazifik und seine eigene Vergangenheit traf.

Faber stöhnte leise auf. Sein Atem kam jetzt stoßweise und er benötigte drei konzentrierte, tiefe Züge der abgestandenen Barluft, um sich wieder zu beruhigen. Entschlossen stand er auf, schulterte seinen Kamerasack, bezahlte den Kellner mit einem ordentlichen Trinkgeld und beeilte sich, dem Flug seiner Gedanken zu folgen.

II.

Das Krankenhaus von Valparaiso lag in entgegengesetzter Richtung zum Strand. Faber widerstand der Verlockung, ans Meer auszuweichen oder doch zumindest mit einem der zahlreichen Ascensores, den Standseilbahnen, in die höher gelegenen Stadtteile hinaufzufahren und von den Aussichtsplattformen die unendliche Weite auf sich wirken zu lassen.

Ein langer, dunkler Korridor öffnete sich ihm, als er mit trockener Kehle im dritten Stockwerk des Hospitals aus dem Aufzug trat. Das Linoleum des Fußbodens war an unzähligen Stellen bis auf den Estrich abgeschabt. Putz rieselte von den feuchten Wänden wie schmutziger Schnee. Im fiebrigen Halbdunkel der Notausgang-Schilder die langen Reihen der Betten beiderseits des Ganges. Ein Wartesaal des Todes.

Faber zog seine Kamera und machte ein paar Aufnahmen. An Krankenhäuser war er ebenso gewöhnt wie an das Antlitz des Todes, und doch hatte jedes Haus seine eigene Poesie. Er hatte wohl mehr Menschen sterben sehen als jede dieser Schwestern hier. Sogar mehr, als ein Mensch überhaupt sehen sollte. Aber diese Tode hatten nichts mit dem zu tun, weshalb er hier war. Kriege waren bis zu einem gewissen

Punkt abstrakt. Niemand, der es nicht am eigenen Leib erlebt hatte, konnte sich vorstellen, wie es war, mitten in einem überhitzten Inferno aus Waffengebell, Rotorenlärm und brennenden Hütten zu stecken. Gebrüllte Befehle in unvertrauten Sprachen, das trockene Husten der Maschinengewehre, Schreie, explodierende Jeeps, Granaten. Und dazwischen die Sanitäter und Fotografen mit ihren blauen UN-Leibchen.

Eine Oase des Grauens in einer Wüste der Langeweile war eins von Fabers Lieblingszitaten, an das er sich vor allem dann erinnert hatte, wenn er in Kriegszeiten abends noch mit seinen Kollegen an der Bar saß. Es stammte aus Baudelaires *Die Blumen des Bösen.* Er hatte es von einem alten Hasen übernommen, kannte aber im Gegensatz zu diesem auch den Zusammenhang, aus dem es stammte:

Bitteres Wissen, das man von der Reise mitbringt! Die Welt eintönig, eng und klein, heut, gestern, morgen, immer zeigt sie uns unser Bild: Eine Oase des Grauens in einer Wüste der Langeweile!

Niemand kann sich ein solches Chaos für sein Leben vorstellen, und wenn es dann hereinbricht, ist es genau der Albtraum, den man nie erleben wollte, und er wird doch schnell zur alles überlagernden Normalität.

Soll man fortgehen? Bleiben? Bleib, wenn du bleiben kannst; geh, wenn du gehen musst. Der eine rennt, der andere hockt sich in den Winkel, um den wachsamen, verhängnisvollen Feind zu täuschen: die Zeit!

Faber kannte sich mit derlei schwer verdaulichen Kriegssituationen aus. Morgens noch saß er auf dem friedlichen Münchner Flughafen, abends die Salven der Kalaschnikows, die die Luft erfüllten, die Kampfpanzer, verbranntes Land, umherirrende Menschen. Tote ohne Kopf, Sterbende ohne Beine, Landminen, überforderte Blauhelme, das Grauen.

Ständig weiter fotografierend, betrat Faber durch eine Schleuse den Bereich, den kaum ein Patient lebend wieder verließ. In diesem Krieg trugen die Blauhelme Schwesterntracht. Einer dieser neutralen Geister des Krankenhauses verpasste ihm einen Kittel und einen Mundschutz, gerade so, als könnten irgendwelche Erreger oder Viren Inka jetzt noch schaden.

An der Wand des Schwesternzimmers hing ein hoher Spiegel. So kurz vor der Begegnung mit dem Tod erschien Faber die Person, die ihn daraus anschaute, seltsam fremd. Wer war dieser Mann mit den zwei schweren Kameragehäusen um den Hals? Nur mittelgroß, aber immer noch ein bis zwei Köpfe größer als alle Schwestern auf der Station. Schlank und einigermaßen stolz darauf, mit neunundvierzig noch eine derart durchtrainierte Figur zu besitzen. Aber das schwarze Haar ergraute bereits und die Geheimratsecken wurden von Jahr zu Jahr ausgeprägter. Er trug ein Kapuzenshirt mit der Aufschrift *Ich werde nicht in diesem Flugzeug sein,* das viele für eine Anspielung auf 9/11 hielten. In Wirklichkeit war es ein Filmzitat aus *Casablanca.*

Faber betrachtete sich genauer. Schwarze Augen, dunkler Teint, eher ein südländischer Typ. Augenbrauen, um deren Wuchs er sich nicht kümmerte, schmale Lippen, die Mundwinkel weder nach oben zeigend noch nach unten hängend und so etwas wie einen Dreitagebart, obwohl er sich erst vor Tagesanbruch glatt rasiert hatte. Eine Sonnenbrille baumelte, von einem elastischen Band gehalten, auf seiner Brust. Aus einer der Brusttaschen seiner beigen Funktionsjacke ragte der Schirm einer Kappe heraus. Er trug einen Rucksack.

Die Schwester sah zu Faber auf. Anstatt etwas zu sagen, machte er schnell einige Aufnahmen von ihr. Wie alt mochte sie sein? Faber betrachtete sie in dem großen Display der Nikon – eigentlich hatte sie ein hübsches Gesicht. Etwas grob vielleicht und die Augen standen zu nah beieinander, dafür hatte sie ein warmes Lächeln, das nie von ihrem Gesicht zu verschwinden schien, selbst wenn sie, wie in diesem Augenblick, auf das Fotografiertwerden ärgerlich reagierte.

»Don't«, sagte sie knapp. »No photo!«

Er blickte über den Rand der Kamera, der Schwester direkt in die Augen. Etwas unbeholfen aber freundlich nickte er ihr zu.

Zögerlich nahm er die letzten Meter in Angriff. Eine Ecke, ein kurzes Stück den Flur hinunter, nochmals eine Linkskehre, und da hockte sie, in stiller Trauer vereint, die Familie der Sterbenden. Drei Erwachsene und fünf Kinder. Die Älteren saßen gedankenverloren auf harten, einfachen Stühlen. Inkas Schwiegervater schien zu beten, während die Kinder Karten spielten und dabei ganz vergnügt wirkten. Liebend gern hätte Faber sich jetzt zu ihnen gesetzt und einen Kartentrick vorgeführt, den einzigen, den er beherrschte –

ein russischer Soldat hatte ihn ihm während des Kriegs in Tschetschenien beigebracht. Er war sich sicher, dass die Kinder den Trick lieben würden, und er könnte in ihre erstaunten Gesichter blicken, mit ihnen lachen und dann zum Höhepunkt der Vorstellung sich selbst aus diesem Gebäude wegzaubern. Aus der Stadt, aus dem Land, weit weg, dorthin, wo niemand ihn finden würde und niemand etwas von ihm erwartete.

Riella, Inkas Schwiegermutter, erkannte ihn trotz des grünen Kittels und des albernen Mundschutzes sofort. Sie sprang schneller auf, als es ihre Figur erwarten ließ, und kam mit trippelnden Schritten auf ihn zu. Eine füllige Frau, mit stiftkurzem Haar und Lachfalten um die Augen. Faber schätzte sie auf Anfang sechzig. Fast rannte sie in ihn hinein, ignorierte die Kamera vor Fabers Auge und presste ihren Körper so fest an den seinen, als sei ausgerechnet er die verheißene Rettung. In diesem Augenblick war er froh, mindestens zwei Köpfe größer zu sein. Steif blieb er stehen und versuchte gar nicht erst, sich ihrer Herzlichkeit zu entziehen, sah sich aber auch nicht in der Lage, sie zu erwidern. Sein unbeholfenes Lächeln blieb wegen des Mundschutzes unentdeckt.

So wie Faber sich bislang der Familie gegenüber verhalten hatte, musste sie sicher sein, dass er kein Wort Spanisch verstand. Wohl deshalb hatten sie den Versuch, ihn in ein Gespräch zu verwickeln, längst eingestellt. Riella war auf seiner Seite, ganz im Gegensatz zu den beiden Männern mit den grauen Gesichtern, die jetzt aufgestanden waren, um ihm wenigstens die Hand zu schütteln. Er wusste es aus den Gesprächen der Chilenen untereinander, die er bei seinem ersten Besuch belauscht hatte. Es waren wenige Sätze gewesen, die er damals aufgeschnappt hatte, aber sie hatten genügt, um ihm die Ablehnung der kleinwüchsigen Männer unmissverständlich deutlich zu machen. Faber wusste nicht, was sie gegen ihn hatten, aber sie ließen ihn in Ruhe, und mehr wollte er nicht. Sie begrüßten ihn kurz und setzten sich wieder hin.

Riella zog ihn an der Sitzgruppe vorbei und öffnete die Tür zu Inkas Zimmer. Auf dem Linoleum davor standen einige Vasen mit spärlichen Blumensträußen, einer davon stammte von Faber. Er hatte ihn am ersten Tag mitgebracht. Jetzt ließen die Blumen ihre Köpfe hängen.

Faber verschaffte sich noch einen letzten Aufschub, indem er den Kindern freundlich zuwinkte, zögerte noch einmal und trat dann ein, während die Tür hinter ihm leise ins Schloss fiel. Starr vor Angst drückte er sich mit dem Rücken an die Wand und schoss ein paar Bilder.

In Isla Negra, südlich von Valparaiso, waren Faber und Inka sich das erste Mal wieder begegnet. In einem der vier Häuser von Chiles berühmtestem Dichter Pablo Neruda, in dem heute ein Museum untergebracht war. Faber hätte den Auftrag der Zeitschrift normalerweise abgelehnt. Tausende äußerst seltener Bücher ins Bild zu setzen, die Pablo Neruda im Laufe eines Lebens als leidenschaftlicher Sammler zusammengetragen hatte. Wenn es nicht die zeitliche Überschneidung mit Inkas Anruf gegeben hätte.

Er hatte nicht einmal geahnt, wer am Apparat war.

In einem Eisenbahnwaggon hatte er gehockt, daran erinnerte er sich immerhin noch. Aber ob in Thailand, Kerala, auf dem Weg nach Lhasa oder irgendwo sonst in Asien, das wusste er nicht mehr. Er war so bestürzt gewesen, dass er den Hörer weit von sich gehalten hatte, als könne er damit das Schicksal noch einmal abwenden. Stammelnd suchte er das Gespräch zu beenden, um die Kontaktaufnahme gleich im Keim zu ersticken, während sie ihm vom Ausbruch ihrer Krankheit erzählte. So war sie schon immer gewesen: direkt, klar, gradlinig, ohne Umwege auf ihr Ziel zusteuernd.

»Anfangs glaubte ich noch, mich hätte eine schwere Grippe erwischt. Ich fühlte mich total schlapp, alle Knochen im Leib taten mir weh. Eines Morgens wachte ich mit Nasenbluten auf, was mich furchtbar erschreckt hat. Ich ging zum Arzt, zunächst noch zu meinem Hausarzt. Der schickte mich sofort in eine Klinik. Das erste Mal überhaupt nach der Geburt meiner Kinder«, fügte sie hinzu.

»Warum rufst du mich an? Was willst du von mir nach so vielen Jahren?«, stöhnte Faber.

»Weil ich keine Zeit mehr habe, weil ich sterben werde, Trini. Leukämie. Ich habe eine monatelange Chemotherapie hinter mir. Zuerst fielen mir die Haare in der Nackengegend aus, dann hatte ich Blut im Stuhl. Überhaupt sah meine Scheiße aus wie frischer Teer, pechschwarz glänzend. Beim Zähneputzen fand ich schwarze Flecken auf meiner Zunge. Als ich genauer hinsah, war der gesamte Rachenraum schwarz. Irgendwann begann ich Blut zu spucken. Meine Mundschleimhaut löste sich auf. Ich habe mir die Haut in Fetzen aus dem Mundraum gezogen.« Sie legte eine kurze Pause ein. Faber hörte sie schwer atmen. »Ich will dich ein letztes Mal sehen. Ich muss dringend mit dir reden.«

Lange zögerte Faber. Immer wieder kamen im letzten Moment irgendwelche Jobs dazwischen. Er erkrankte an einer Mittelohrentzündung, die es unmöglich machte, ein Flugzeug zu betreten, oder seine Flüge nach Chile wurden urplötzlich vom Flugplan gestrichen. Insgeheim hoffte er, Inka würde aufgeben, würde seinen Widerwillen, sich mit Vergangenem zu beschäftigen, bemerken und ihn in Ruhe lassen. Aber dann hatte er den Pablo-Neruda-Auftrag angenommen und ehe er sich versah, stand er in Nerudas Haus in Isla Negra. Nach Abschluss der Arbeit traf er Inka in einer Wohnung außerhalb von Valparaiso.

Er blieb nur einen Nachmittag lang, länger ertrug er den durchdringenden Blick ihrer dunklen Augen nicht. Keine halbe Stunde nachdem sie im Garten des winzigen Holzhauses zum ersten Mal nach all den Jahren wieder allein waren, kam die Erinnerung mit voller Wucht zurück. Dabei hatte das Gespräch zunächst noch harmlos begonnen. Sie hatten der alten Zeiten gedacht, unsicher zwar, aber gerade deshalb mit einer angenehmen Distanz. Urplötzlich hielt Inka inne, sah ihn an und sagte dann:

»Meine Zeit ist um. Die ganzen Jahre über wollte ich mit dir über diese eine Sache sprechen, die mein ganzes Leben beeinflusst hat und wahrscheinlich auch deins. Deshalb habe ich dich gebeten, zu kommen.«

Faber war kurz darauf aufgesprungen und Hals über Kopf auf die Straße gestürzt. War zum Busbahnhof gehetzt und, sobald er zurück in der Hauptstadt war, zum nächsten Flieger, der ihn wegbringen konnte, nur weg aus dieser Bedrohung.

Nach seiner panischen Flucht hatte er noch versucht, alles von sich abzuschütteln, wie er es gewöhnlich tat, wenn er einer emotionalen Situation entkommen wollte. Aber dieses Mal gelang es ihm nicht. Nachdem die Krankheit bei Inka erneut ausgebrochen war, hatte sie sich entschieden, keine weitere Therapie mehr über sich ergehen zu lassen. Sie lehnte alle lebensverlängernden Maßnahmen ab. Sie hatte mit ihrem Leben abgeschlossen und wollte nur noch in Würde sterben.

Faber sah sich in dem Zimmer um. Steckdosen überzogen die Wand hinter dem Bett. Sauerstoffanschlüsse, Hämoperfusionsgeräte, gleich sechs davon in einem Rack. Ein Defibrillator, Ernährungspumpen, Medikamentenpumpen, unter der Decke ein Intensivüberwachungsmonitor. Ein Schlauch, der in ihre Vene ging. Morphium, um die schlimmsten Schmerzen zu lindern. Er trat an das Bett, fotografierte die Verdickung der Haut, durch die Nadel verursacht. Auf dem Nachttisch standen Bilder ihrer Familie. Daneben lag eine goldene Halskette mit einem Kreuz. Zwei Briefe und eine weitere Fotografie, die er nicht ansehen wollte. Faber wich entsetzt zur stützenden Wand zurück.

Plötzlich entrang sich ihrer Brust ein Stöhnen. Er näherte sich wieder, die Kamera schützend zwischen sich und die Sterbende haltend. Durch den Sucher glaubte er ein Zucken ihrer Augenlider wahrzunehmen. Er täuschte sich nicht. Inka öffnete die Augen. Er wollte laut aufschreien, aber seine Stimme blockierte. Sie blickte ihn fragend an. Faber versuchte die Kamera sinken zu lassen, seine Arme verweigerten den Dienst. Seine Augen wanderten von den Elektroden auf ihrer Brust zu dem Transportmonitor, der Herz- und Atemfrequenz anzeigte, Sauerstoffgehalt des Blutes, Blutdruck, Körpertemperatur. Zahlen und Kurven. Er fixierte das Beatmungsgerät, das Inka über einen dünnen Schlauch, der durch ihre Nase in die Lunge führte, mit Sauerstoff versorgte. Dann fiel sein Blick auf ihre Hand. Schweiß trat ihm auf die Stirn. Dabei war ihm eigentlich eiskalt. Er beobachtete die Hand durch den Sucher der Kamera. Eindeutig, die Finger bewegten sich. Er ließ die Nikon sinken und legte behutsam, fast zärtlich einen Zeigefinger auf ihren Handteller. Als Inka ihre Hand abrupt schloss, riss er erschrocken die Augen auf. Die Umklammerung wurde fester. Ihr Gesicht war schmerzverzerrt. Ein gewaltiger Ruck ging durch ihren Körper. Faber starrte sie so gebannt an, dass er nicht bemerkte, dass sie seinen Finger in der Zwischenzeit wieder freigegeben hatte. Inkas Körper schien sich aufzubäumen. Dann, einen winzigen Moment später, sank der abgemagerte Leib zurück auf die Laken. Ihre Züge entspannten sich und wirkten mit einem Mal ganz weich.

Für Sekunden überdeckte das Bild der jungen Inka das der Gestorbenen. Seine Schwester, die so wütend sein konnte und immer so aufrecht stand – Schultern zurück, Brust nach vorn geschoben. Die so stolz gewesen war, so unbarmherzig der Wahrheit verpflichtet.

Faber fotografierte ihr Gesicht. Dabei taumelte er rückwärts der Tür entgegen. Im Türrahmen stieß er gegen Riella, die ihn fragend ansah. Faber machte auf dem Absatz kehrt und rannte, ohne sich noch einmal umzusehen, den Gang entlang, die Treppe hinunter und aus dem Gebäude hinaus auf die sonnenüberflutete Straße. Wenige Meter hinter der Drehtür ließ er sich, nach Atem ringend, auf den Bordstein sinken.

III.

Vom Krankenhaus brachte ihn ein Taxi zurück nach Santiago. Die gesamte Fahrt über klammerte er sich an die Kopfstütze des Beifahrersitzes. Nicht, weil der Taxifahrer die unzähligen Kurven hinauf auf das Hochplateau zu schnell angefahren wäre, sondern weil ihn derart schwindelte, dass er fürchtete, die Kontrolle zu verlieren.

An der Plaza Baquedano stieg er aus. Wie in Trance bewegte er sich zwischen den langen Schlangen der sich dahinquälenden Autos hindurch zur Talstation der Funicular. Minuten später schwebte er über Barackensiedlungen hinauf zum Cerro San Cristóbal. Oben angekommen hatte er weder Augen für den Biergarten, noch bemerkte er den Geruch gebratenen Fleischs, der von den Grills der Familienausflügler zu ihm herüberwehte. So schnell er konnte, rannte er hinauf zur Statue der Jungfrau Maria und beruhigte sich erst wieder, nachdem er den Gipfel erreicht hatte. Aber selbst hier oben fand sein Verstand nicht zur Nüchternheit zurück. Niedergeschlagen machte er kehrt. Einige Meter hangabwärts ließ er sich schließlich inmitten der einheimischen Familien auf den Boden sinken. Dort hockte er teilnahmslos, als wolle er nie wieder von hier fortgehen.

Erst ein verirrter Lederball, der ihn am Kopf traf, und ein unschuldig grinsendes Kindergesicht im Gegenlicht direkt über ihm brachten ihn zurück in die Gegenwart. Es dauerte zwar länger als gewöhnlich, bis er die Situation erfasst, bis er die Kamera in Anschlag gebracht und das Bild des grinsenden Jungen mit dem vor Schmutz starrenden Gesicht eingefroren hatte. Doch kaum war der Junge wieder in der Schar der Kinder untergetaucht, stand Faber auch schon auf den Beinen.

Langsam bewegte er sich zwischen all den Menschen, jedes Detail genauestens registrierend. Bild um Bild füllte seine Speicherkarte, während er den Hügel abwärts stolperte. Familienfotos. Friedliche, schläfrige, ernste oder lachende Menschen. Spielende Kinder, Turngeräte, Eisverkäufer, ein Liebespaar. Viele sich küssende, innig umschlungene, die Nacht herbeisehnende Menschen. Glück, das Faber nicht kannte. Er ging den ganzen langen Weg hinab in die Stadt zu Fuß.

Die Dämmerung brach an, als er die ersten Wohnhäuser des eleganten Barrio Bellavista erreichte. Es war Nacht, als er vollends in das Bohème-Viertel zu Füßen des Cerro San Cristóbal eintauchte, wo er die nächsten Stunden wie besessen weiterfotografierte. Erst kurz vor Mitternacht betrat er eine Bar.

Der Raum war nur gut zur Hälfte gefüllt. Das Publikum bestand aus Pärchen oder größeren Gruppen, die Singles saßen am Tresen und starrten entweder stumm auf den Drink vor sich oder versuchten eine der beiden Kellnerinnen hinter der Theke in ein Gespräch zu verwickeln.

Faber schob sich in eine Nische in der hintersten Ecke des quadratischen Raums, zwischen Billardtisch und Toilettentür. Er bestellte Kaffee. Die Bedienung, eine junge Frau in Jeans und knappem, paillettenbesticktem T-Shirt, musterte ihn für einen Augenblick abwägend. Faber widerstand dem Reflex, erneut seine Kamera in Anschlag zu bringen, vielleicht war er auch zu müde. Stattdessen begann er mit der Kellnerin ein Gespräch über die Qualität des Wassers, das er sich zu seinem Kaffee wünschte. Lässig reichte sie ihm eine spezielle Wasserkarte, auf der vierzehn unterschiedliche Positionen mitsamt Herkunftsland, Kurzbeschreibung und üppigen Preisen verzeichnet waren. Das teuerste von ihnen stammte aus Norwegen und wurde in einer satinierten Flasche dargeboten, der Schriftzug bestand aus Edelsteinen.

Er bestellte klares Quellwasser aus den Anden und ließ, nachdem er den ersten Schluck probiert hatte, gleich eine weitere Flasche auf Eis legen, was ihm ein Lächeln einbrachte.

Faber war der letzte Gast in dieser Nacht, es war kurz vor vier. Er bat Belen – so hatte sich ihm die junge Chilenin inzwischen vorgestellt – um die Rechnung. Vier Stunden hatte er in der Bar zugebracht, ohne dass er etwas anderes getan hätte, als den ruhigen Abläufen in einer Nachtbar zuzusehen, deren Klängen zu lauschen, Kaffee und frisches Wasser zu trinken. Sein Kopf war leer, endlich leer.

Ob er ein Zimmer hatte, oder, wie in dieser Nacht, ohne Bett auskommen wollte, machte für einen Nomaden wie Faber keinen Unterschied. Er konnte jederzeit, überall, und unter allen Bedingungen schlafen. Ohnehin hielt es ihn selten länger als fünf bis sechs Stunden im Bett. Niemals verpasste er das erste Licht des Tages. In glücklichen Momenten legte er sich im Sommer nach dem Mittagessen unter einen Baum und dämmerte dort für einige Minuten, aber die Momente, in denen es einen entsprechenden Baum gegeben hatte und dieser nicht beschossen wurde, waren selten gewesen.

Belens Vorfahren mussten Indios gewesen sein. Zumindest legte das ihr rundes Gesicht nahe, die scharf geschnittene Nase und der hellbraune Teint. Sie war weder besonders groß noch besonders hübsch. Jedes Mal, wenn sie in den vergangenen Stunden an Fabers Tisch vorbeigekommen war, hatten sie einen Blick gewechselt, eher beiläufig. Worte waren nicht nötig. Nachdem er bezahlt hatte, verließ er das Lokal und wartete draußen mit dem Rücken an die Wand gelehnt, bis die Kellnerinnen ihren Arbeitsplatz für die Reinigungskräfte räumten. Im Abstand von einigen Metern folgte er Belen, die ihn keines Blickes würdigte. Sie hatte sich nach der Arbeit umgezogen. Statt der Jeans trug sie jetzt einen knielangen und weit schwingenden Rock. Gemächlich schlenderte er hinter ihr her. Zu dieser Zeit war nur noch wenig vom Glanz der Bohème in Bellavista übrig. Stinkende Mülltonnen versperrten den Weg. Wildkatzen streunten dazwischen umher und balgten sich um die Abfälle. Aus den Seitengassen wehte der Wind einen strengen Uringeruch, der sich mit der muffigen Luft vermischte, die aus den Lüftungen der Bars und Restaurants ins Freie strömte.

Belen drehte sich nicht ein einziges Mal um, und doch war Faber sich sicher, dass sie ganz genau wusste, wo sie ihm begegnen wollte. Zwei Querstraßen weiter verschwand sie zwischen eng beieinander stehenden Häuserwänden. Faber beeilte sich, ihr zu folgen und zwängte sich durch einen schmalen, stockdunklen Durchgang in einen Hinterhof, der von der Sichel des fahlen Mondes in schemenhaftes Halbdunkel getaucht wurde. Er kniff die Augen zusammen und ließ seinen Blick über den abblätternden Putz der Hauswand und einen verfallenen Schuppen schweifen. Gerade wollte er auf die Tür zugehen, als er hinter sich ein Kichern hörte. Belen hockte auf einem Holzklotz in einem Mauerwinkel und strahlte ihn an, was er an der Reflexion des Mondlichts in dem winzigen Diamantsplitter festmachte, der in einen ihrer Schneidezähne eingelassen war. Faber ging langsam auf sie zu. Er stellte seinen Kamerarucksack auf dem Boden ab und blieb direkt vor ihr aufrecht stehen.

»Wie heißt du?«, wollte sie wissen und lachte erneut, als er ihr seinen Namen verriet. Sie stand auf und ging um ihn herum. Er folgte ihrer Bewegung, spürte wie Belen ihn an den Aufschlägen seiner Jacke packte und unsanft mit dem Rücken gegen die Wand stieß. Faber lächelte. Geschickt öffnete sie seine Hose und ging vor ihm auf die Knie.

»Warum hast du eben gelacht?«, fragte Faber Belen zum Abschied.

»In Chile heißen nur Mädchen Trinidad!«

FABERS ENTSCHEIDUNG

I.

Fabers erster Impuls war, sofort mit dem nächsten Flug zurück nach Santiago zu fliegen. Das Taxi hatte vor einem siebenstöckigen Steinbau angehalten. Zur Sicherheit verglich er seine Buchungsunterlagen mit dem Namen auf der Leuchtreklame. Sie hatten ihr Ziel erreicht. Das Hotel lag gut einen Kilometer vom Wasser entfernt, am geografisch niedrigsten Punkt der Stadt. Sandra hatte für seinen Aufenthalt in Patagonien gebucht. Faber konnte es nicht fassen. Sie kannte doch seine Phobien und wusste, wie wichtig ihm ein freier Blick war, wie nötig er Horizont brauchte. In Räumen ohne Aussicht holte ihn regelmäßig eine grässliche Platzangst ein, die sich bis zur Panikattacke steigern konnte. Faber sah an dem Gebäude hoch. Hoffentlich ein Zimmer im obersten Stock mit Blick auf das Wasser.

In böser Vorahnung klemmte er sich seine Reisetasche unter die Achsel und steuerte am freundlich grüßenden Portier vorbei direkt auf die Rezeption zu. Sein Gepäck berührte nicht eine Sekunde den Boden, nicht einmal während der Anmeldeformalitäten setzte er Rucksack und Tasche ab.

Das ihm zugedachte Zimmer lag im zweiten Stock.

Auf der Schwelle blieb Faber stehen. Schweiß brach ihm aus. Der Raum war mit dickflorigem Teppichboden ausgelegt, dem Ursprung aller Infektionen, Nährboden von Pilzkulturen und Heimat von Milben und Schaben. Gegenüber der Eingangstür befand sich ein für die Raumgröße überdimensioniertes Panoramafenster. Es gab den Blick frei auf eine Betonmauer, die keine dreißig Meter hinter der Scheibe in den Himmel zu wachsen schien. Gekrönt wurde der abweisende Schutzwall von mehreren Rollen Stacheldraht, die sich über die gesamte Breite der Wand schlängelten. Das örtliche Gefängnis?

Faber starrte in den Raum, drehte sich stumm um, nahm die Treppe zum Foyer und verließ das Hotel ohne ein weiteres Wort. Er wollte nur ins Freie, wieder atmen können, wieder Luft holen. Seine Tasche hielt er wie zum Schutz während der gesamten Flucht vor seine Brust gedrückt. Zurück auf der Plaza Muñoz Gamero rannte er ohne sich auch nur noch einmal umzusehen durch den Schneematsch die Straße hangaufwärts und machte erst wieder halt, als er den höchsten Punkt, eine Straßenkreuzung in einer ziemlich heruntergekommenen Gegend, erreicht hatte.

Vornübergebeugt und heftig nach Luft ringend, stützte er sich mit den Handflächen auf seine Knie. Das Gepäck lag vor ihm im Matsch. Seitenstiche zwangen ihn, einige Minuten in dieser Haltung zu verharren, bis er sich wieder aufrichten konnte. Die letzte Nacht ohne Schlaf und der dünne Schneefilm auf dem Pflaster, der jeden Schritt zum rutschigen Experiment werden ließ, hatten ihm mehr zugesetzt, als er es selbst erwartet hätte. Doch der freie Blick über die Stadt, den er von hier oben hatte, und die klare, kalte Luft, die er einatmete, entspannten ihn von Sekunde zu Sekunde mehr. Endlich war er wieder in der Lage, seine Umgebung geordnet wahrzunehmen.

Punta Arenas. Wahrscheinlich kein Ort, an den sich ein Mensch freiwillig zurückzog. Zwar sollte es neben den windschiefen Wellblechhütten und einer Menge rostiger Eisenkonstruktionen immer noch auch einige interessante Bauten aus der Wendezeit vom 19. zum 20. Jahrhundert geben, ansonsten aber lag der Reiz der den Winden schutzlos ausgesetzten Küstenstadt für Faber einzig in ihrer Lage an der Magellanstraße.

Im Rücken von Punta Arenas lag ein sich unendlich ausdehnendes Weideland, das Argentinien und Chile allein mit dem Wind teilen mussten, Patagonien.

Auf der gegenüberliegenden Seite lag Feuerland. Tierra del Fuego, benannt nach den weithin sichtbaren Lagerfeuern der Urbevölkerung. Ein riesiges, seit ewigen Zeiten den Naturgewalten ausgesetztes, nahezu menschenleeres Terrain. Schließlich Ushuaia, auf argentinischem Boden, das sich lange mit dem chilenischen Puerto Williams um den Ruf der südlichsten Stadt der Welt gestritten hatte. Dabei interessierte das niemanden, der eigentliche Mythos lag hinter diesen beiden Siedlungen im Nirgendwo: Cabo de Hornos, Kap Hoorn.

Faber schloss seine Jacke und wählte Sandras Nummer. Es dauerte nur zwei Klingeltöne, bis sie sich mit schlaftrunkener Stimme meldete. Tonlos und ohne Begrüßung berichtete er ihr von dem scheußlichen Zimmer, der Gefängniswand und dass er das Hotel fluchtartig verlassen habe.

Faber hörte Sandra am anderen Ende der Leitung ausatmen. Ihr musste klar sein, dass sie ihn nicht zu einer Rückkehr bewegen konnte. Jetzt dachte sie wahrscheinlich nach. Wie er zu beschäftigen sei, bis sie das Übernachtungsproblem gelöst hätte.

»Ich hatte zu wenig Zeit«, sagte sie und erklärte ihm, dass sie aufgrund der kurzfristigen Reiseplanung nicht anders hatte handeln können. Zudem gäbe es in Punta Arenas einfach kein Hotel, das seinen Ansprüchen genüge. Jedenfalls nicht, soweit sie das von Europa aus recherchieren könne. Und sie wolle unbedingt vermeiden, dass er für die Produktion schwer zu erreichen wäre.

Faber verstand. Dieser Auftrag musste endlich einmal wieder reibungslos klappen. Alle hatten schon zu viel unter seiner privaten Situation gelitten. Vermutlich dachte Sandra gerade an Somalia. Dort hatte er einmal zwei Wochen auf der Pritsche eines Geländewagens übernachtet, nachdem es vor Ort kein anständiges Hotel gab. Ihm machte das nichts aus, er brauchte weder Luxus noch die Annehmlichkeiten der Zivilisation, aber er brauchte Luft zum Atmen, den freien Blick. Sie aber hatte das in arge Nöte gebracht. In einer ohnehin angespannten Situation war er damals oft Stunden verspätet am Set erschienen. Zwei volle Tage lang hielten sie ihn sogar für verschollen, er hatte sich leer gefühlt und außerdem an seinen Erinnerungsschüben gelitten.

Sandra schlug Faber vor, er solle doch in der Zwischenzeit, während sie versuchen werde, ein geeignetes Hotel zu finden, den ohnehin seit Tagen auf ihn wartenden Artdirector der Produktion treffen und so die Wartezeit sinnvoll überbrücken. War ihr denn nicht klar, dass er Vorbesprechungen ebenso wenig mochte wie Zimmer ohne Aussicht? Sie musste tatsächlich ratlos sein, ihm so etwas vorzuschlagen, alles schien ihr besser, als ein Faber, der in Panik durch Punta Arenas rannte und dann irgendeine einsame, unkontrollierbare Entscheidung traf.

»Nein, ich kümmere mich selbst darum.« Ein knapper Gruß und Faber beendete den Anruf. Er zuckte die Achseln, wie um sich selbst zu entlasten. Dann zog er zwei seiner Kameras aus dem Rucksack, die große Nikon D3X und die kleine Leica, schulterte sein übriges Gepäck und sah sich um.

Direkt vor ihm, auf der gegenüberliegenden Seite der Kreuzung, stand ein für diese Gegend typisches Wohnhaus. Es neigte sich zur selben Seite wie der daneben aus dem Pflaster wachsende Baum. Die rohen Holzschindeln waren mit den Jahren wurmstichig geworden. Einige Lattenstücke hingen zersplittert herab und die ganze Hütte präsentierte sich in tristem, verwittertem Grau. Das verbeulte Wellblechdach wies fußballgroße Löcher auf. Das Haus wirkte trotz seines wenig vertrauenerweckenden Äußeren bewohnt. Eine dünne Rauchsäule kräuselte sich aus dem Kamin und ein Pontiac Trans Am der ersten Generation parkte direkt auf der Kreuzung davor. Seine ehemals leuchtend rote Farbe war unter dem Einfluss von Wind, Sonne und Salzwasser einem stumpfen, rostbraunen Dreckgemisch gewichen.

Der März verabschiedete in Punta Arenas den Herbst und läutete den Winter ein, der an der Magellanstraße nicht allzu streng war. Doch selbst im Sommer, wenn die Sonne zwanzig Stunden am Himmel stand, musste man in diesen Breitengraden mit frostkalten Nächten rechnen. Und dazu blies ein steter Wind, der die tatsächliche Temperatur immer noch um einige Grade kälter erscheinen ließ.

Zwei Männer lehnten an dem Straßenkreuzer und sahen schon eine Weile zu Faber herüber. Buschige Augenbrauen und breite Schnurrbärte dominierten ihre Gesichter. Aus der Entfernung hielt Faber sie für Brüder. Bei einem der Männer blinkte ein Goldzahn auf, als er zu Faber herüberlächelte, während die Nase des anderen ihm unnatürlich schief im Gesicht stand. Die beiden Figuren verschmolzen fast mit der trostlosen Umgebung, sonst hätte Faber sie schon früher wahrgenommen. Ihre Körper steckten in viel zu großen, schmuddeligen Arbeitsoveralls von verwaschener Farblosigkeit. Darüber trugen sie grob gestrickte Pullover – löchrig und voller Flecken. Eine Schnapsflasche kreiste zwischen den Männern.

Faber nickte den beiden zu, bevor er sich auf den Weg machte. Sein Ziel lag am Fuße des Hangs, er wollte zum Hafen, ans Wasser, hinunter zur Magellanstraße.

Als die Sonne durch die Wolkendecke brach, änderte sich das Bild der bislang düster und abweisend wirkenden Stadt. Die Strahlen überdeckten das Elend der heruntergekommenen Viertel. Das goldgelbe Licht ließ den Niedergang wie einen Ausblick in die gute alte Zeit erscheinen. Und doch entgingen Faber die beiden unterschiedlichen Gesichter der Gegend nicht. Hier die eleganten, wenn auch etwas in die Jahre gekommenen Clubs, in denen die herrschende Klasse an Longdrinks nippte. Und gleich gegenüber Bars in zusammengenagelten Bretterbuden, mit einer Klientel aus arbeitslosen Seeleuten, ausrangierten Prostituierten und mürrischen alten Männern, die ihre Nasen tief in billigen Fusel steckten.

Über die Calle Roca gelangte Faber direkt ans Wasser. Am Pier lagen nur wenige Schiffe vertäut. Ausnahmslos Fischerboote, die kaum über die Magellanstraße hinauskamen. Rostrot war an diesem Ort die dominierende Farbe. Kontrastierende, dunkelgrüne Tangstreifen schaukelten über den Ankertauen wie Fähnchen im Wind. Eine verwitterte Tafel zeigte die Entfernung zu anderen chilenischen Orten an. Auf einem darunter angebrachten Zusatzschild stand: Yugoslavia 18 662 km.

Faber ging bis zum Ende der Mole, kniff die Augen zusammen, versuchte Details der gegenüberliegenden Küste Feuerlands zu erkennen. Wenn die Sonne für Momente durch die schnell dahintreibenden Wolken blitzte, glitzerten die Dächer von Porvenir wie eine verheißungsvolle Fata Morgana am Horizont. Das Meer dazwischen hatte die Farbe von Teer. Schwarz und bedrohlich. Die starke Strömung schien das Wasser ungeduldig zwischen den Landmassen hindurchzudrücken, so als sehnte es sich nach der befreienden Weite des Pazifiks. Trotz der starken Winde gab es fast keine Brandung. Vielmehr machte das Meer den Eindruck eines brodelnden Sees, eines Vulkans, der kurz vor dem Ausbruch stand. Die Magellanstraße war raues Arbeitswasser und nichts für Ausflügler oder Strandurlauber.

Ob je ein Mensch in dieser schwarzen Brühe baden ging, fragte sich Faber. Er hockte auf der rissigen Kaimauer. Seine Fotoapparate hatte er längst weggepackt. Hier unten gab es nichts zu fotografieren. Die dramatischen Landschaftsfotos der Kollegen waren in seinen Augen nichts als Lügen.

Eingezwängt zwischen der gewaltigen Bergkette der Anden und der unendlichen Weite des Pazifischen Ozeans, schlängelte sich Chile fadendünn über fast fünftausend Kilometer von der trockenen Atacama-Wüste im Norden bis hinunter nach Feuerland. Das Land, das Inka sich ausgesucht hatte – zum Leben und jetzt auch zum Sterben. Ihr Name würde Faber für immer an diese unterschiedlichen Landschaften erinnern. Riella hatte ihm eine SMS geschrieben. »Friday. I wait you. Riella.«

Heute war Montag. Wenn sein Job hier unten einigermaßen gut lief, könnte er zur Beerdigung zurück sein. Bisher hatte er Riella noch nicht geantwortet.

An die Beerdigung seines eigenen Vaters hatte er sich nie erinnern können, inzwischen wusste er weshalb. Woran er sich aber erinnerte, war der Moment, der den Abschnitt der Familiengeschichte, der mit dem Namen Konstantin Karamanolis verbunden war, beendet hatte.

Es war ein schöner Tag gewesen. Gerade erst war er von der Terrasse zurück in sein Zimmer gelaufen, als seine Mutter plötzlich in der Tür stand. Ihr Gesichtsausdruck wirkte anders als sonst und ganz anders als noch vor Stunden, als sie ihn auf dem Spielplatz beaufsichtigt hatte. Sie setzte sich auf einen Stuhl, ganz vorne auf das Polster, winkte ihn zu sich heran. Das Bild hatte sich in ihm festgebrannt. Wie er unsicher vor ihr stand und sie ihn nur angesehen hatte, nichts sagte, ihn nur ansah, um ihn dann mit einem Seufzer auf ihren Schoß zu ziehen und ihm minutenlang durchs Haar zu streichen. Spätestens da hatte er geahnt, dass etwas vorgefallen sein musste, etwas Ungeheuerliches, was selbst seine starke Mutter aus dem Gleichgewicht brachte. Diese Veränderung machte ihm große Angst, und deshalb hatte er angefangen zu schluchzen. Auch seine Mutter weinte.

»Trini«, hatte sie nach einer Weile geflüstert und ihn dabei fest umarmt, »wir müssen jetzt ganz stark sein, mein Kleiner, hörst du? Der Papa ist doch schon lange fort. Und jetzt weiß ich, dass er nicht mehr wiederkommt.«

Er hatte noch gefragt, ob der Papa denn nie mehr wiederkomme?

»Gar nicht mehr«, hatte sie geantwortet und hinzugefügt, »dein Papa ist jetzt beim lieben Gott.«

Und dann hatten sie gemeinsam weiter geweint – in Trinis Erinnerung tagelang. Irgendwann hatte die Familie ihr normales Leben wieder aufgenommen. Er wurde wieder zum Kindergarten geschickt und seine Mutter ging wieder zur Arbeit. Auf eine seltsame Art und Weise war der Mann, Trinis Vater, aus der Geschichte ihrer Familie mit der Zeit mehr und mehr verschwunden. Immer seltener fiel sein Name und nach und nach verschwanden auch all die Dinge, die noch an seine Existenz erinnerten. Bis vor nicht allzu langer Zeit hatte Trini geglaubt, seine Mutter habe ihn vor der Trauer bewahren wollen, gefragt hatte er sie nie danach.

Nur ein einziges Mal im Verlaufe seines späteren Lebens hatte Faber den Wunsch verspürt, seiner Mutter die Fragen zu stellen, die für einen Jungen, der seinen Vater verloren und ihn überdies nie bewusst erlebt hatte, eigentlich die normalsten der Welt hätten sein sollen: Wie war mein Vater eigentlich? Womit hat er sein Geld verdient, wie seine Freizeit verbracht? Wie sah er eigentlich aus? Sehe ich ihm ähnlich? Nicht ein einziges Foto hatte Trini im Haushalt seiner Mutter gefunden. Wo kam er her? War er Grieche und wieso habe ich keine Großeltern väterlicherseits? Leben sie vielleicht noch in Griechenland und warum haben sie uns nie besucht? Warum gibt es kein Grab? In ihrer Familie war alles anders als in anderen Familien, in denen ein Vater oder eine Mutter gestorben waren. Kein Osterspaziergang zum Friedhof, keine Blumen an Allerseelen, keine Grablichter am Totensonntag. Wie war das für dich, Mama, als du plötzlich allein mit uns Kindern dastandest?

Er hatte eine Nacht im umkämpften Vukovar, in Ost-Kroatien verbracht. Am frühen Morgen geriet das gesamte Viertel unter den Beschuss der belagernden Serben.

Faber wusste noch, dass eine Granate das Haus getroffen hatte und er ohnmächtig geworden war. Als er wieder zu Bewusstsein kam, war es um ihn herum totenstill. Bis auf ein paar Hautabschürfungen und einer dicken Beule am Hinterkopf war ihm nichts geschehen. Drei Menschen lagen leblos neben ihm im Staub. Faber beugte sich über eine Frau, unter deren Leib zwei dünne Beinchen hervorragten. Er rollte ihren Leichnam auf die Seite. Das Kind lebte. Er wickelte den Jungen in seine UN-Jacke und brachte ihn in Sicherheit. Ein struppiger, abgemagerter Hund trollte hinter ihnen her, bis ein besoffener Soldat ihn vor ihren Augen erschoss.

Faber brachte den Jungen in ein UN-Flüchtlingslager und betrank sich danach fürchterlich. Geholfen hatte es ihm nicht. Der Junge musste in etwa so alt gewesen sein wie er beim vermeintlichen Tod seines Vaters. Fünf Jahre. Ihm war immerhin seine Mutter geblieben. Die Fragen dieses Jungen würde niemand mehr beantworten können.

Das war der Moment gewesen, an dem er sich fest vorgenommen hatte, seine Mutter nach all den Jahren des Schweigens doch noch zur Rede zu stellen. Für einen kurzen Augenblick in seinem Leben wurde ihm die eigene Vergangenheit unendlich wichtig. Aber dann war der Balkankonflikt weitergegangen, mit jedem neuen Schauplatz verblasste die Erinnerung an den schockstarren Jungen und damit auch der Wunsch, mehr über seine eigene Kindheit zu erfahren. Faber lebte wieder, wie es für ihn am besten war: ohne Erinnerungen.

Als er nach vielen Monaten und noch mehr Ländern endlich wieder in Deutschland eintraf und es als eher lästige Pflicht empfand, seine alte Mutter zu besuchen, lag sie auf dem Friedhof, gestorben und beerdigt, während ihr Sohn – über Wochen von der Außenwelt abgeschnitten – versucht hatte, eine Reportage über die Volksrepublik Nordkorea und deren Diktator Kim Jong-il zu fotografieren.

Jetzt also Inka. Außer den Leuten, die er im Krankenhaus gesehen hatte, kannte er niemanden aus ihrer Umgebung. Aber Inkas Kinder lebten noch. Die Tochter stand kurz davor, selbst zu heiraten. Mit siebzehn. Viel zu jung, wie Faber fand. Und der kleine Nachzügler, der Junge, der ihn mit traurigen Augen angesehen hatte, als er gestern im Krankenhaus erschienen war und ihm doch so tapfer zugewunken hatte – an ihn wollte Faber jetzt lieber nicht denken. Inkas Mann, der Vater der Kinder, galt seit Längerem als tot. Verschollen mit zwei Kollegen und einem kleinen Fischkutter vor der Küste von Valparaiso. »Ein Sturm!«, hatte Inka gesagt und dabei die Schultern gezuckt. Als Frau eines Fischers musste man doch täglich mit dessen Ableben rechnen. Die Kinder hatten nur noch ihre Großeltern.

Sandras Anruf riss Faber aus seinen Gedanken. Wie sie vermutet hatte, gab es in ganz Punta Arenas tatsächlich kein geeignetes Hotel für ihn. Daraufhin hatte sie erneut mit der Produktion vor Ort telefoniert und dabei erfahren, dass man sich ohnehin für das nahe gelegene Puerto Natales als Kulisse entschieden habe. Dort hatte sie nun ein Hotel für ihn ausfindig gemacht. Buchen wollte sie es aber nicht ohne sein Einverständnis. Er müsse allerdings noch heute dorthin aufbrechen, um am kommenden Tag pünktlich seine Arbeit beginnen zu können. Der immer noch wartende Artdirector hatte vorgeschlagen, sich schnellstmöglich mit ihm in Punta Arenas zu treffen, um ihn als Chauffeur zum Flugplatz zu bringen. Von dort sollte die Reisezeit per Helikopter auf ein Mindestmaß verkürzt werden. Und, wenn sie sich nun endlich persönlich kennenlernen würden, könne er ihm auch schon erste Ideen für die Werbeaufnahmen unterbreiten und auch den Wechsel des Aufnahmeorts erklären. Der Mann, ein Amerikaner namens Michael Sheer, hatte vorgeschlagen, ihn deshalb innerhalb der nächsten Stunde in einem Restaurant zu treffen, wo man das Ganze bei einem Mittagessen bereden könne.

Sandras Stimme überschlug sich fast, als sie die Arrangements für ihn durchgab. Für ihn ein sicheres Zeichen dafür, dass sie ihre übliche Gelassenheit verloren hatte. Sie tat Faber auf der Stelle leid. Er versuchte sie zu beruhigen, entschuldigte sich bei ihr für die Aufregung, die er verursacht hatte, und willigte in alles ein, was sie vorschlug, selbst in das Treffen mit Sheer. Puerto Natales würde ganz sicher der bessere Ort sein, das wusste Faber aus dem Studium diverser Reiseführer. Er hatte ohnehin vorgehabt, im Anschluss an die Arbeit dorthin weiterzureisen. Nach Puerto Natales und in den Torres del Paine Nationalpark, doch das war vor dem Brief seines Vaters und vor Inkas Tod gewesen.

II.

Das *Garage* befand sich an der Ecke Calle Puerto Montt und O'Higgins und war ein echtes Jet-Set-Störfeuer in einer Umgebung, die ansonsten aus billigen Absteigen und aus Blech und rostigem Eisen notdürftig zusammengeschusterten Bars bestand.

Faber betrat das Speiselokal mit einigem Widerwillen. In dieser Region glänzten Restaurants entweder durch karge Funktionalität oder durch das genaue Gegenteil, folkloristischen Überschwang. Mit ausgefallenen mechanischen Spielereien wartete, außer dem *Garage,* ganz sicher keine zweite gastronomische Einrichtung in dieser Gegend auf. In New York hätte Faber das Interieur nicht zur Kenntnis genommen, in Buenos Aires hätte es ihn allenfalls erstaunt, in Punta Arenas, keine zweihundert Meter von der Magellanstraße entfernt, wirkte dieses Kunstprojekt überambitioniert.

Die Besitzer sahen das ganz offensichtlich anders. Direkt am Empfang hatten sie eine Tafel aus gebürstetem Edelstahl anbringen lassen, auf der sie nicht nur das Konzept des *Garage* erklärten, sondern auch die argentinische Künstlergruppe vorstellten, die neben der Fassade auch die Innenarchitektur entworfen hatte.

Warum Michael Sheer ihn gerade hierhin bestellt hatte, war ebenso augenfällig wie prätentiös: Das zentrale Element der Installation bildete ein komplettes Automobil. Vielleicht könnte er ja von diesem Toyota – denn natürlich handelte es sich bei dem Objekt um ein Modell seines Auftraggebers – einfach einen Schnappschuss machen und so den Job schnellstmöglich erledigen. Faber grinste belustigt, bevor er den Aufnahmeleiter wahrnahm, der ihm von einem Tisch am Fenster freudig zuwinkte.

Der Amerikaner war mindestens einen Kopf größer als Faber und sehr, sehr schlank. Das etwas zu gleichmäßig gebräunte Gesicht war glatt rasiert und sein Haupthaar bis auf einen spärlich sprießenden Flaum kahl geschoren. Die Brauen über den braunen Augen waren sorgfältig gezupft. Die Augäpfel derart vorgewölbt, dass Faber das ganze Gespräch über Schwierigkeiten haben würde, Sheer direkt anzusehen.

Die beiden Männer begrüßten sich per Handschlag und mit einigen Phrasen über Fabers lange Reise und das Wetter. Während Faber noch versuchte, sich mit der Umgebung und den Umständen anzufreunden, erwies Sheer sich als äußerst kommunikativ.

»Ich habe das Essen schon geordert und ich nehme mal an, das ist ganz in Ihrem Sinne. Die Paella hier ist einzigartig, wahrscheinlich die beste Südamerikas. Ohne Vorbestellung geht da gar nichts.« Er lachte wissend. »Und, mein Lieber, Sie können unmöglich aus Punta Arenas abreisen – und das steht ja in unserem Falle unmittelbar bevor, nicht wahr? –, ohne diese Köstlichkeit genau hier probiert zu haben. Ganz unter uns, dem Auftraggeber liegt sehr daran, dass sie das *Garage* kennenlernen. Sie müssen wissen, dass das Lokal mit Geldern der Japaner gestaltet wurde. Zumindest die Installation interessiert Sie sicherlich.« Er deutete auf den Toyota. »Wo sonst kann man schon den ersten Lexus, der je das Band verlassen hat, so genau bestaunen wie bei einem Mittagessen an der Magellanstraße?«

Faber nickte zu allem pflichtschuldig. Dabei fragte er sich, wie der Mann das Essen hatte vorbestellen können, wo sie doch ihre Verabredung erst vor wenigen Minuten getroffen hatten. Dass es ihm überhaupt nicht behagte, wenn ein Fremder sein Essen bestellte, ließ er ebenso unerwähnt wie den Kunst-Toyota unkommentiert.

Michael Sheer war bemüht, das Eis zwischen Künstler und Produktion zu brechen. Schon sein ganzes Leben lang habe er Fabers Arbeit verfolgt, erzählte er voller Stolz. Er sei sogar im Besitz eines Vintage-Prints, einer seiner ganz frühen Arbeiten als Kriegsfotograf, und er könne im Übrigen vollkommen verstehen, dass Faber aus diesem blutigen Geschäft ausgestiegen sei.

Faber fragte sich, weshalb in Gottes Namen der Mann sich aus seinen Arbeiten dann ausgerechnet diese ausgesucht hatte. Er selbst hätte sich das Bild niemals aufgehängt. Aber das bedeutete nichts. Er würde sich ohnehin keine Fotos aufhängen.

Das Bild, von dem Sheer sprach, zeigte die Überreste eines in seinem eigenen Blut liegenden Selbstmordattentäters. Die abgerissene Hand eines Hamassoldaten, die noch eine Granate hielt, die nicht explodiert war. Es war eines der grausamsten Fotos, das er je geschossen hatte. Er hatte die Aufnahme erst am Abend entdeckt, als er seine Bilder auswertete. Sie war Teil einer ganzen Serie, während eines Anschlags entstanden, dessen Zeuge er zufällig geworden war. Am nächsten Tag prangte das Bild auf den Titelseiten der meisten Tageszeitungen der westlichen Welt.

Immer wieder kamen die Menschen auf seine Vergangenheit zu sprechen. Für ihn war das nichts Neues. Sie waren neugierig zu erfahren, warum er auf der Höhe seines Ruhmes ausgestiegen war. Er hatte sich nie dazu geäußert.

Eines Morgens war er aufgewacht und hatte gewusst, dass es vorbei war. Dass er niemals mehr in einen Krieg ziehen würde. Natürlich erinnerte er sich an den letzten Anstoß, den es immer braucht, um eine große Veränderung vorzunehmen.

Durch eine Autopanne gezwungen, mussten er und sein Fahrer in einem zerbombten Nest anhalten. Eine aufgebrachte Meute alter, gebrechlicher Männer, ausgezehrt von langen Jahren des Krieges, hatte ihn gegen seinen Willen in einen heruntergekommenen Krankensaal gezerrt. Auf dem Weg dorthin schrien sie wild durcheinander, zogen an ihm, gestikulierten mit aufblitzenden Augen. Lange unterdrückte Wut über die unerträgliche Demütigung sprach aus ihren Blicken. Die Worte verstand Faber nicht. Aber ihm war sofort klar, dass etwas Schreckliches passiert sein musste. Diese Männer hatten zu viel ertragen, zu viel gesehen, um durch etwas, was im Krieg alltäglich war, derart in Unruhe zu geraten. Sie wollten, dass der Fremde das Unfassbare mit eigenen Augen sah und der Welt davon berichtete.

Tatsächlich wurden die Stunden in der Baracke, die der vergessenen Landbevölkerung als Lazarett diente, für Faber zum Albtraum. Die Wut der alten Männer galt nicht den zerschossenen Gebäuden und gebrandschatzten Fluren, sie weinten nicht um ihre toten Söhne. Die Schmerzen, die man den Überlebenden angetan hatte, brachten sie auf, manche gar an den Rand des Wahnsinns. Vergewaltigte Frauen. Mütter, Töchter, Schwiegertöchter. Ein ganzer Raum voll. Bei Fabers Eintreten kündete ein Chor aus wilden Schreien davon, was sie von der Anwesenheit eines fremden Mannes hielten. Schnell zogen sie sich Tücher über die Köpfe, voller Scham darüber, was man ihnen angetan hatte. Die Alten befahlen ihnen zu schweigen, die Gesichter zu enthüllen. Und dem fremden Fotografen, sich das Leid stellvertretend für die gesamte Welt anzusehen.

Und er hatte sie fotografiert. So viele Bilder geschossen wie selten zuvor. Erst die Details des kargen Raums: ein Riss, der quer über die matten Fliesen ging, das stumpfgescheuerte Waschbecken mit den ockergelben Rändern, die schmalen Luftschlitze unterhalb der Decke, zerbrochenes Glas. Schon den Mauern fehlte jede Hoffnung.

Danach erst näherte er sich den zusammengekauerten, stillen Frauen. Von jedem Gesicht ein Porträt. Dann nur noch die Augen. Ganz nah, Paar um Paar. Nach einer Weile, in der die Alten seiner Arbeit schweigend zusahen, packten sie ihn erneut am Ärmel und zogen ihn in einen weiteren Raum. Ein Zimmer, eiskalt, mit einem einzigen Bett darin. Zwei Dutzend

Kinder hockten im Staub. Jungen und Mädchen. Faber verstand nicht, warum man sie separat untergebracht hatte. Die Kinder schrien nicht, als der für sie fremde Mann eintrat. Ganz im Gegenteil, sie schauten ihn neugierig an. Freundliche Kinder mit einem zaghaften Lächeln auf den Gesichtern. Schmutzig und zerlumpt. Dann aber der Blick in ihren Augen: leblos, geschändet, tote Seelen, gestorben unter den Körpern verrohter Soldaten.

Es war keine schwierige, langwierige Entscheidung gewesen. Nichts, was er sich noch einmal genau hätte überlegen müssen. Es hatte sich sofort gut und richtig angefühlt. Etwas war an sein Ende gekommen. Er war an ein Ende gekommen. Noch vor dem Zähneputzen hatte er damals seinen Vertrag gekündigt, den üppigen Vorschuss zurückgezahlt und war keine Woche später zu einer Reportage über Raubfischer in der Tasmanischen See aufgebrochen. Monate an exotischen Küsten und auf stürmischer See – ganz plötzlich war ihm das als die wahre Verheißung erschienen. Das Meer war eine weitere Erklärung für seine Abkehr von den Kriegsschauplätzen. Die Weite, das Beruhigende, das in der ewigen Wiederkehr lag – doch auf diese Interpretationsmöglichkeit stieß er erst Jahre später. Sandra hatte ihn darauf gebracht. Sie hatte festgestellt, dass er sich immer häufiger für Jobs entschied, die ihn in die Nähe von Wasser brachten. Und je größer die Wasserfläche war, zu der sie ihn schickte, desto lieber nahm er die Arbeit an.

Trotz seines Seitenwechsels vom Kriegs- zum Reportagefotografen war er erstaunlicherweise weiter gebucht worden. Nachdem ihn sein zweiter oder dritter Job nach dem Ausstieg nach Afrika gebracht hatte und dabei eine *unglaublich authentische Fotostrecke über einen Arbeiteraufstand in einer südafrikanischen Goldmine,* wie eine internationale Fotozeitschrift schrieb, entstanden war, galt sein Ruf in der Branche als unzerstörbar. Von da an hatte Faber überall auf der Welt gearbeitet, auf allen Kontinenten. Jobs, die für andere Fotografen die Erfüllung eines lange gehegten Traums gewesen wären, waren für ihn alltäglich geworden.

Doch für Faber war alles, was sich auf der Erde abspielte, lediglich eine lange Aneinanderreihung von Einzelbildern. Bilder, die über ihre Komposition hinaus für ihn kaum eine Bedeutung besaßen. Er fuhr nicht nach Afrika, um auf die Arbeitsbedingungen und die moderne Sklaverei aufmerksam zu machen, wie es in einer Laudatio auf seine Arbeit geheißen hatte. Politik, soziale Systeme und deren Konflikte blieben ihm seltsam fremd. Um einen Auftrag anzunehmen, musste sich etwas in ihm regen. Genau so war es bei der Mine damals gewesen. Der Redakteur hatte ihm von den Unruhen und von den Schwierigkeiten berichtet, auf die er stoßen würde. Er aber sah nur die tiefe Grube vor sich. Eine klaffende blutrote Wunde mitten im alles verschlingenden Grün. Er sah die Menschenkarawane, wie sie sich ameisengleich den Hügel aus rotem Lehm hinaufquälte, nur um ihm, dem Fotografen, vor der untergehenden Sonne als Silhouette zu dienen.

Das war alles, was Faber brauchte, ein paar Wörter,

einen Satzfetzen mit den richtigen Adjektiven darin, eine Anfrage, die etwas in ihm zum Klingen brachte. Um die so entstandenen Bilder wieder loszuwerden, musste er seine Arbeit erledigen. Waren die Fotos geschossen, konnte er den kompletten Auftrag im Inneren abspeichern und musste ihn nie wieder anschauen.

Die wenigen Male, in denen er sich vorher ein fotografisches Konzept zurechtgelegt hatte, waren allesamt misslungen. In seinen Arbeiten roch es nach Schweiß und Staub, nach Gewalt, Angst und Sehnsucht. Für ihn gehörten Gefühle in Bilder, dort waren sie sicher aufgehoben. Fotografieren war seine Wirklichkeit und hatte ihn reich gemacht. Man bezahlte ihm viel Geld und er nahm es ohne Skrupel. Schließlich verschafften seine Fotos den Verlagen und deren Kampagnen eine Aufmerksamkeit, wie sie nur wenige Fotografen garantieren konnten. Und je rarer er sich mit den Jahren gemacht hatte, desto höher waren seine Gagen geworden. Manchmal, wie auch bei diesem Auftrag, nahm er nur an, wenn die angebotene Bezahlung die Schamgrenze so weit überschritt, dass ein Ablehnen der reine Snobismus gewesen wäre.

All das ging Faber durch den Kopf, während Sheers Sätze zum Soundtrack seiner Gedankengänge verkamen. Inzwischen war er bei Fabers Werbefotografien angelangt.

»Wunderbar, einfach wunderbar, besonders diese Strecke für *Ed Hardy*«, lobte er, als handele es sich dabei um museale Kunstfotografie und nicht um eine –

wie Faber fand – mittelmäßig gelungene Arbeit mit zwei über und über tätowierten Models.

Während des Essens gab Faber auf Sheers Fragen betont kurze Antworten, nickte zumeist bloß oder gab Floskeln von sich. Überlegte er doch längst, wie er sich möglichst bald aus dem Staub machen könnte. Sheer war einfach nicht zu stoppen. Gott sei Dank waren die Entwürfe, die er während der nächsten Minuten vor Faber auf der Tischplatte ausbreitete, besser als die Paella. Man habe sich vorgenommen, in dieser Kampagne mit der Landschaft zu spielen. Tatsächlich sagte er es genau so: *mit der Landschaft zu spielen* und fügte hinzu:

»Ein chromblitzendes Auto vor der unendlichen Weite der Steppe. Vor den schneebedeckten Bergketten, dem eisgrauen Wasser, mitten in der Wildnis, irgendetwas in der Art schwebt uns vor.«

Zu Fabers großer Erleichterung bewahrheitete sich seine Befürchtung nicht, einer der Ansätze könnte mit der Kunstinstallation zu tun haben, in der sie gerade saßen. Dafür sorgte ein anderer Entwurf dafür, dass er innerlich zusammensackte. Er zeigte einen Toyota, auf dessen Kühlerhaube ein Mann im Schneidersitz hockte und mit einem Fernglas Ausschau nach riesigen Fußspuren hielt, die man auch tatsächlich vor dem Fahrzeug im Matsch erkennen konnte. Irgendwie erinnerte die Zeichnung an den John Wayne-Klassiker *Hatari,* aber Faber verstand die Anspielung darin und hätte in diesem Moment eine Menge dafür gegeben, sich im Vorfeld der Produktion nicht so genau über Patagonien informiert zu haben. Wegen der Kälte hatten die Ureinwohner des Landes ihre Füße mit Fellen umwickelt und hinterließen deshalb im Schnee riesige Fußabdrücke. Deshalb nannten die Spanier sie *Patagones,* Großfüße. *Nichts ist unmöglich,* dachte Faber und atmete einmal tief durch.

Faber schluckte den Klebreis hinunter und goss kalten Kaffee hinterher. Er nahm die Serviette vom Schoß, tupfte sich übertrieben deutlich den Mund ab und legte sie entschieden über die Reste auf seinem Teller, bevor er diesen von sich weg in Richtung Tischkante schob. Wie aus heiterem Himmel begann er jetzt völlig ungeordnete Fragen über die Produktion abzufeuern, nur um Sheer mundtot zu machen.

Welche Requisiten man eingeflogen habe und ob Komparsen am Set seien? Er wollte Genaueres über das Lichtdesign erfahren, debattierte mit dem nun zunehmend wortkargen Sheer über den von der Agentur vorgeschlagenen Slogan der Kampagne. *Mit uns kommen sie an die entlegensten Orte der Welt – und wieder zurück.* Faber musste sich ein Gähnen verkneifen, auch wenn es sich, wie Sheer betonte, dabei lediglich um einen Arbeitstitel handelte, und wollte wissen, welche Farbpalette bei den Fahrzeugen, die man extra zum Zweck der Werbeaufnahmen per Schiff aus Japan eingeführt hatte, zur Verfügung standen? Am Ende erkundigte er sich nach den Abfahrtzeiten der Busse nach Puerto Natales.

Für einen Moment lang schien der Amerikaner Fabers Frage für einen Scherz zu halten. Doch dann wurde ihm die Ernsthaftigkeit schlagartig klar. Auf seinem Gesicht bildeten sich rötliche Flecken. Faber legte Sheer beruhigend die Hand auf den Unterarm. Er versprach, es werde zu keiner weiteren Verzögerung mehr kommen, er würde am kommenden Morgen pünktlich um sechs Uhr am Set erscheinen. Für seine Art zu arbeiten sei es hilfreich, sich einem Ziel so langsam und so behutsam wie möglich zu nähern, um möglichst viel von der Stimmung einer Landschaft aufzusaugen. Und dazu sei nun einmal ein Bus wesentlich besser geeignet als ein Flugzeug.

Er verabschiedete sich von einem skeptisch dreinblickenden Michael Sheer, wünschte ihm einen schönen Flug und wollte eben das Lokal verlassen, als ihm noch etwas einfiel. Schnell kehrte er zum Tisch zurück, suchte einen Fotochip aus seinem Kamerarucksack und drückte ihn Sheer mit der Bitte in die Hand, ihm doch Papierabzüge von den Daten machen zu lassen. Es handele sich um private Aufnahmen und er gedenke selbstverständlich, alle anfallenden Kosten zu tragen. Er sagte das, obwohl er wusste, dass ein Bilderdrucker höchster Qualität an jedem Set der Welt einsatzbereit stand und es bei den Kosten, die eine solche Produktion verursachte, auf hundert Ausdrucke mehr oder weniger keinesfalls ankam. Aber Faber trennte Privates von Geschäftlichem immer und konsequent.

III.

Die Busfahrt auf der nur einspurig geteerten Piste dauerte vier Stunden. Faber verbrachte die gesamte Zeit regungslos auf seinem Platz am Fenster. Stierte über die weite Landschaft und ließ seine Gedanken im Rhythmus der Wolken treiben. Das gleißende Licht übte eine zusätzlich hypnotische Wirkung auf ihn aus. Er war ganz bei sich, bis er das Ziel seiner Reise erreichte.

Im Hotel ignorierte er die eingegangenen Nachrichten, warf im Zimmer seine Reisetasche achtlos auf das Doppelbett, zog sich wärmere Sachen über, um gegen die Kälte gewappnet zu sein, und stürmte wieder hinaus.

Der Fjord zog ihn magisch an. Die eisgraue Wassermasse, auf deren Wellen die Gischt zum Sonnenuntergang tanzte. Ein irres Licht, dessen Intensität er so noch an keiner anderen Stelle der Erde gesehen hatte, tauchte alles in eine bläuliche Färbung. Schwarze Gewitterwolken bedrohten die letzten Strahlen der Sonne.

Die Gegend um Puerto Natales, mitten im Nirgendwo der patagonischen Steppe, war kein Platz, an dem die Natur eine Koexistenz mit dem Menschen eingehen wollte. Rau, kalt, windig. Ein Ort, an dem Menschen Demut lernten oder untergingen.

Vor der Tür des Hotels zerrten orkanartige Böen an allem, was nicht rund geschliffen war. Der Wind traf Faber wie eine Faust in die Magengrube, schien von allen Seiten gleichzeitig auf ihn einzuschlagen. Er vergrub die Hände tief in den Taschen und lief los. Eine tief empfundene Freude durchströmte ihn. Er wusste nicht mehr, wann ihn das letzte Mal eine derart starke und spontane Gefühlsregung ergriffen hatte.

Die ersten hundert Meter lief er parallel zum Strand in westlicher Richtung. In Höhe eines Restaurants, in dessen einladend warmen Licht ein einzelner Gast Zeitung lesend auf seine Mahlzeit wartete, überquerte er die Straße. Den Wind jetzt im Rücken, verloren seine Füße für einen Augenblick die Bodenhaftung. Schneller als gewollt stolperte er dem Wasser entgegen. Eine weitere Böe schob ihn direkt auf den feuchten Sand. Er orientierte sich und stapfte dann auf das gegenüberliegende Ufer der Bucht zu. Mit aller Kraft stemmte er sich gegen den peitschenden Wind und genoss jeden Atemzug, als wäre es sein letzter. Treibgut ergoss sich über den schmalen Strandstreifen zu seinen Füßen. Seetang, Muscheln, aufgebrochene Krabbenscheren. Korallenschwämme, Fischkadaver und polierte Steine. Dazwischen rostige Dosen, abgerissene Angelschnüre, zerbrochene Flaschen, Teerablagerungen. Ausgebleichte Äste wuchsen aus dem grobkörnigen Sand und griffen nach der Dunkelheit wie die Arme von Ertrinkenden nach dem rettenden Tau. Ein Steg, von dem nur noch eine Reihe Pfähle aus dem Wasser ragte, diente einer Möwenkolonie als Loge für das Naturschauspiel über den schneebedeckten Bergen, die den Fjord von der offenen See trennten. Nur wenige Kilometer nördlich kalbte der Balmaceda-Gletscher. Faber meinte das Knacken des Eises hören zu können. Die Oberfläche des Fjords schien sich mit jedem Stück Gletscher, das ins Meer rutschte, um einige Zentimeter anzuheben.

Etwas weiter westlich erreichte er eine ehemalige Fischkonservenfabrik. Eine Schar Kinder jagte im Schutz der Ruine einem Tennisball hinterher. Der Wind trieb ihre Schreie an sein Ohr, lange bevor er die Bande vor den dunklen Mauern ausmachen konnte. Faber hockte sich auf die Überreste eines Fischerboots und sah dem Spiel eine Weile zu. Die Lichter der Stadt schienen zu ihm herüber. Eher wie Positionslampen in einem unendlichen Ozean, als dass sie ihm Wärme und Geborgenheit verheißen hätten. Zwei streunende Hunde versuchten den Jungen den Ball streitig zu machen. Als sie mit Fußtritten von ihrem Vorhaben abgebracht worden waren und nach unnachgiebigen Stockschlägen schließlich das Weite suchten, entdeckten sie in Faber ein neues Opfer. Mit wildem Gebell preschten sie auf ihn zu. Nur Zentimeter von seinem Knie entfernt gruben sich ihre Vorderläufe in den Sand. Drohendes Knurren entrang sich ihren Mäulern, heiße Atemwolken hingen über ihren Köpfen. Faber blickte fasziniert auf die gebleckten Zähne der Hunde. Scharfe Zähne und gesundes hellrotes Zahnfleisch. Er nickte ihnen beruhigend zu. Als er versuchte, die Hand nach ihnen auszustrecken, verbissen sie sich in ein Stück Treibholz und jagten damit über den Strand davon.

Protokoll 11.06.
11:15 Uhr

- Ich trete aus dem Wald heraus. Ich kann nicht weiter. Da ist ein Bach, direkt vor mir. Ein paar rohe Bretter …

- Im Wald? Ja, ein Felsen war da. Unten, vor dem Felsen, steht ein Tisch mit Bänken … Alles ist voller Moos, der Felsen, der Tisch, die Bänke, alles grün … Ich mag keinen Wald … Es kommt kein Licht rein. Es ist kalt und feucht, sehr feucht.

- Nein. Außer mir niemand … Ich gehe über die Planken auf die andere Seite. Vor mir liegt eine Wiese. Ein Tal. Und ein Fluss. Noch ein größerer Fluss. Der kleine Bach fließt in den Fluss, unten, am Ende der Wiese. Sie fällt zum Fluss hin leicht ab.

Der Fluss macht eine Kurve, wie ein S.

- Hinter dem Fluss? Ja, auf der anderen Seite ist ein Berg. Nein, kein Berg, eher ein Hügel. Nicht sehr hoch. Aber auch bewaldet, mit niedrigeren Tannen. Aufgeforstet. Ich bin auf dieser Seite des Flusses. Er macht eine Biegung, da wo der kleine Bach einfließt … Da ist noch jemand.

- Ganz weit hinten steht jemand. Noch eine Wiese weiter, hinter den Kühen … Er ist viel zu weit weg. Es kann eine Frau sein. Ich kann es nicht genau erkennen.

- Ich weiß nicht so recht, ob ich hingehen will … Jetzt gehe ich näher ran. Weiß nicht wieso. Nicht ich, meine Beine gehen näher ran. Seltsam! … Er kommt irgendwie nicht näher. Meine Beine laufen vor mir her. Von mir weg.

- Gras. Nichts als Gras und ein paar Butterblumen. Und Kuhfladen. Viele Kuhfladen. Um mich herum ist sonst nichts … Ich würde gerne wissen, wer es ist? … Meine Beine sind wieder da. Ich versuche es noch einmal. Ich will nur sehen, wer es ist. Ich kann ja immer noch umkehren. Dann gehe ich woandershin … Ein Mann. Keine Frau, ganz sicher. Er ist groß, sehr groß. Viel größer als ich.

- Nein, ich bin noch weit weg. Trotzdem ist er größer. Er verdeckt alles. Den Berg. Das ganze Tal …

- Wenn ich näher rangehe? Mal sehen. Immer noch ein Riese.

- Was? Ja, habe ich. Mein kleiner Hund. Er ist mein Freund. Mit ihm bin ich immer sicher … Aber er ist nicht hier. Keiner ist da. Nur der Riese.

- Nein. Er hat kein Gesicht. Ich kenne ihn nicht … Den Rest seines Körpers sehe ich genau, nur das Gesicht fehlt. Die Arme, die Hände. Er trägt ein kurzes Hemd … Mein Hund ist plötzlich da. Er steht neben dem Riesen. Ich weiß nicht wieso, aber jetzt ist der

Mann nicht mehr so groß, aber immer noch … Ich gehe näher ran. Er tut mir nichts, wenn einer dabei ist. Aber ich sehe kein Gesicht. Nein, kein Gesicht. Nur ihn, den Riesen … Aber er ist jetzt kleiner, aber so … so mächtig. Nicht dick, mächtig, irgendwie, weiß auch nicht.

Ja, die Hände sehe ich. Die Hände und den Körper und die Schuhe. Er trägt Gummistiefel. Keine Augen. Keine Haarfarbe. Nichts, gar nichts … nur eine weiße Kappe. So eine Schiebermütze. Aber kein Gesicht, kein Kopf, nur ein schwarzer Mond … Er macht mir Angst.

- Nein, nicht weggehen.

- Was? … Ein schöner Tag, ja. Hell, ganz hell. Das Gras, ich kann es riechen. Jetzt erst, eben noch nicht. Die Wiese ist nicht gemäht. Es stehen viele Blumen darin. Der Bach fließt ganz ruhig.

- Was? Ich weiß nicht, was er da macht. Doch! Jetzt wirft er die

Angel aus. Ja, er angelt. Ich stehe dahinter, in der Wiese, weit weg, weit genug. Ich sehe nur seinen Rücken. Ein riesiges Kreuz.

- Wie ich aussehe? … Ja, ich kann mich sehen. Ich bin klein, noch sehr klein. Ich habe eine kurze Hose an und ein kariertes Hemd mit kurzen Ärmeln.

- Nein, mein Gesicht kann ich nicht erkennen … Doch, jetzt schon. Irgendwas stimmt nicht! Mit meinen Augen. Sie sind verquollen und rot. Entzündet. Die Wiese tut mir nicht gut. Ich reibe immerzu darin herum, mit dem Handballen. Es wird immer schlimmer. Es juckt ganz fürchterlich. Auch meine Nase. Ich niese … Ist aber nicht schlimm … Ich höre Vögel, ganz deutlich, sie singen sehr schön. Und das Gurgeln des Bachs … Was ist das? Ein Fisch liegt jetzt vor mir in der Wiese. Ganz frisch und glitschig. Ich habe mich furchtbar erschrocken. Er glänzt und sein Schwanz schlägt. Er biegt sich durch und peitscht die Wiese. Immer wieder. Jetzt ist sie ganz ruhig, sie ist tot. Eine Forelle. Bin mir ganz sicher. Sie war plötzlich da. Ein Angelhaken. Und eine Schnur. Sie ist sehr lang … Der Mann ist wieder da … Steht am Ende der Schnur. Er lacht. Laut und gemein. Er ist aufgestanden. Ganz langsam. Schiebt die weiße Schiebermütze hoch. Seine Hand wischt über den schwarzen Mond. Der Mond schwitzt und lacht. Ich kann es nur hö ren. Kein Gesicht, nur der Mond … Was ist das? Ich höre etwas. Es ist etwas passiert. Der Hund! Wo ist mein Hund? Ich höre etwas. Ein klagendes Winseln. Er ist weg. Ich renne zum Wasser.

- Nein, auf keinen Fall. Ich kann da nicht reingehen, auf keinen Fall. Der Mondmann will, dass ich da reingehe. Er will mich zum Schwimmen zwingen … Nicht jetzt, aber früher. Ich kann nicht schwimmen.

- Der Welpe ist zusammen mit einer Grassode in den Fluss gerutscht. Die Strömung hat ihn abgetrieben. Er ist in einen Strudel geraten, steckt mit den Hinterläufen in einer Astgabel fest. Er wird er-

trinken … Der Mondmann springt ins Wasser. Er lacht noch immer. Das Wasser macht ihm nichts. Er versucht an den Hund ranzukommen. Er packt ihn. Er zieht ihn am Nacken aus dem Wasser. Er hält ihn in die Höhe. Wie eine Trophäe. Das Hündchen zittert. Der Mondmann lacht. Ein starkes Männerlachen. Er lacht mich aus.
Er streckt mir den Welpen entgegen. Ich kann ihn nicht nehmen. Dafür müsste ich in das Wasser. Kann ich nicht. Kann ich nicht! … Ich stehe im Wasser. Es ist sehr kalt. Ich versuche auf Zehenspitzen zu gehen. Das Wasser geht mir bis über die Knie. Er bringt mein Hündchen um, wenn ich es nicht tue. Bestimmt tut er das. Warum ist er so?

- Nein, kein Geruch mehr und es ist ganz still. Kein Geräusch mehr. Totenstille. Ich will nur meinen Hund und dann ganz schnell weg von hier. Ich gehe noch weiter auf den Riesen zu. Jetzt hab ich ihn. Er ist ganz nass. Sein Herz schlägt sehr schnell … Es ist mein Herz.

- Ich bin noch im Wasser. Es fällt mir schwer mich zu bewegen. Ich weine. Aber der Hund ist sicher bei mir. Der Mondmann ist weg. Er hat mich berührt … Das war schön. Er hat mir durchs Haar gestrichen.

- Ich bleib noch was im Wasser stehen. Es ist so schön kühl und frisch.

Ende 11:47 Uhr

IV.

Am nächsten Morgen war Faber pünktlich. Er ging die verschiedenen Entwürfe sorgfältig durch und sichtete das zur Verfügung stehende Material. Anschließend nahm er Sheer beiseite und erklärte ihm in wenigen, klaren Worten seine Idee und wie er sie umzusetzen gedachte. Faber beantwortete geduldig die wenigen übrig gebliebenen Fragen, bevor er gegen elf Uhr zurück in sein Hotel ging. Er brauchte Ruhe.

Um drei Uhr nachmittags war er wieder am Set. Vor der Kulisse der alten Konservenfabrik standen die Autos einsatzbereit in einer Reihe. Zwei Männer waren damit beschäftigt, sie aufopferungsvoll zu polieren. Erreichten sie mit ihren Lappen das Heck, konnten sie umgehend beim Kühler wieder beginnen.

Ein Polizeiabsperrband flatterte im Wind. Dahinter hatte sich die halbe Bevölkerung des Ortes eingefunden. Ein Stand mit Gebratenem versorgte die Menge, die den Fremden mit unverhohlener Neugier bei der Arbeit zusah. Kopfschütteln und Gelächter hielten sich bei den Einheimischen die Waage. Staunen kam hinzu, über den Aufwand, der hier betrieben wurde und die professionelle Ausrüstung. Drei bewaffnete Ordnungskräfte hatten sich breitbeinig vor ihren Dienstwagen aufgebaut, die Arme vor der Brust verschränkt. Verspiegelte Brillen verdeckten ihre Augen. Unbewegt verfolgten sie das Geschehen vor ihnen. Faber winkte ihnen zu und bat eine Assistentin, die zuckenden Blaulichter der Polizeifahrzeuge abstellen zu lassen.

Der Crew blieben jetzt nur noch etwa zwei Stunden zur Vorbereitung. Faber wollte mit dem letzten Licht des Tages arbeiten. Er hatte sich bereit erklärt, zusätzlich ein Set mit Scheinwerfern einleuchten zu lassen. Ihm war klar, dass er es nicht brauchen würde, aber damit war Sheer beschäftigt und ruhig gestellt. Eventuell müsste man dem Fahrzeug hinterher am Computer noch etwas Strahlkraft verleihen, aber es aufzublitzen, hielt Faber angesichts der beeindruckenden Kulisse, vor der sie arbeiten würden, für unangemessen.

Die Ausstattung, die er für seine Arbeit wünschte, hatte die Crew den ganzen Vormittag über beschäftigt. Faber verlangte eine Gruppe fußballspielender Kinder. Kinder von hier, keine herausgeputzten Statisten. Zusätzlich – in der Verlängerung des Wagens, zentral in der Bildmitte – zwei struppige Straßenköter. Die Hunde bereiteten Sheer das größte Kopfzerbrechen. Dann aber fanden sie einen Züchter, der ihnen seine Tiere für die Aufnahmen überließ. Ein paar Stücke rohen Fleischs, hinterher aus dem Bild wegretuschiert, würden die Hunde an die richtige Stelle des Bildes bringen und dort ausreichend lange beschäftigen.

Blieb die Farbe des Wagens. Faber kannte die Lichtstimmung vom vorigen Abend. Eigentlich hätte der Wagen weiß sein müssen, jungfräulich und strahlend. Aber weiß lehnten Autofirmen immer ab, da Käufer es nicht verlangten. Dunkelblau, nachtschwarz, natogrün und blutrot. Faber entschied sich für die schwarze Limousine in der Scheinwerferserie und für rotmetallic in der Reihe, die, da war er sich sicher, am Ende das Rennen machen würde.

Der Rest war simples Handwerk. Er brachte seine Kameras auf die zuvor markierten Positionen und verband sie anschließend so miteinander, dass sie synchron auslösten. Dann hockte er sich auf einen Stuhl, und wartete in aller Ruhe auf den richtigen Moment. Sie würden dreißig bis vierzig Minuten gutes Licht haben, wobei die optimale Lichtsituation sich auf weniger als zehn Minuten reduzierte.

Wie sich herausstellte, reichte Faber und dem routinierten Team dieser Zeitrahmen. Auch der Züchter mit seinen Hunden leistete gute Arbeit. Zwar liefen am Ende zu viele Köter durchs Bild, aber sie sahen räudig aus, sprangen wild umeinander, wirkten angriffslustig und hatten mindestens so viel Spaß an der Sache wie die Fußballzwerge, die sich wie verrückt über die kleine Gage freuten, die Faber für sie ausgehandelt hatte. Die überflüssigen Tiere würde man in der Postproduktion aus dem Bild entfernen.

Nachdem die Sonne endgültig untergegangen war, zog Faber sich in den Verpflegungsbus zurück. Er überspielte die Bilder auf seinen Rechner und sichtete hoch konzentriert das Material. Die aufgeblitzte Serie war besser, als er erwartet hatte. Der Lichtmann hatte den Einsatz der Scheinwerfer nicht übertrieben, das Kunstlicht wirkte mild und veränderte die berauschende Realität eher sanft. Auf der Karosserie gab es zu viele Reflexe, aber die stellten für erfahrene Bildbearbeiter kein wirkliches Problem dar. Michael Sheer stand hinter ihm, während Faber seine Arbeit erledigte, und trat aufgeregt von einem Bein aufs andere. Faber achtete nicht auf seine Umgebung, ganz ruhig erledigte er seinen Job. Am Ende hängte er seinen Laptop an den Drucker und ließ die Aufnahmen, die er für die besten hielt, ausdrucken. Er reichte sie über die Schulter an Sheer weiter.

Kurz darauf ersetzte eine ausgelassene Stimmung die lang anhaltende Spannung des Tages. Umarmungen deuteten den erfolgreichen Abschluss der Arbeit an. Der Knall der Champagnerkorken war das ultimative Zeichen, dass der Job erledigt und alles so ausgegangen war, wie Faber es vorausgesehen hatte. Sheer würde die Bildauswahl noch in der Nacht an die Auftraggeber mailen, und wenn aus Japan bis morgen früh kein Einspruch kam, konnte Sandra die Rechnung schreiben.

Faber empfahl Sheer, den Japanern doch *Última Esperanza* als Headline der Kampagne vorzuschlagen. Der Name des Fjords, der den Hintergrund für das Auto abgab. Er sah es vor sich. Es war perfekt.

V.

Die Sonne schien, als Faber die Autovermietung verließ. Er warf sein Gepäck und den neu erworbenen Schlafsack auf den Rücksitz des Pritschenwagens. Direkt neben die beiden Wasserkästen. Die Konturen der Berge setzten sich messerscharf vom Horizont ab. Reine, klare Luft und erfrischend kühl. Der Wind legte eine Pause ein. Nur ganz leicht bewegten sich die dürren Bäume auf der anderen Straßenseite. Ein perfekter Tag für den Trip in die Einsamkeit des Nationalparks.

Faber startete den Wagen, tankte zwei Querstrassen weiter, ließ das Reserverad überprüfen und nahm zur Sicherheit einen vollen Ersatzkanister Benzin mit. Bis zu seinem ersten, sechzig Kilometer entfernten Etappenziel, Cerro Castillo, würde er sicherlich drei Stunden brauchen und auf keine Menschenseele stoßen. Kurz vor elf Uhr verließ er Puerto Natales. Einen letzten Blick noch warf er über die Dächer des Ortes hinweg auf den jetzt ruhig daliegenden Fjord. *Última Esperanza.*

Zwanzig Kilometer später tauchten in der Ferne die Torres del Paine auf. Die blauen Türme, wie sie in der Sprache der Mapuche-Indianer hießen. Faber hatte vor, zwei Nächte im Park zu verbringen und zu den

Türmen aufzusteigen. Im Radio spielten sie Tangomusik, nicht verwunderlich, denn die meiste Zeit fuhr er parallel zur argentinisch-chilenischen Grenze. Mit einer Hand lenkte er den Wagen, die andere hielt die Wasserflasche, aus der er in Abständen kleine Schlucke trank. Er ließ den Wagen seinen eigenen Rhythmus über die mit Schlaglöchern und Quer- und Längsrillen übersäte Piste finden. Die schlingernden Bewegungen erinnerten ihn an einen angetrunkenen Tänzer. Manchmal passten sie zur Melodie des Tangos.

Der Mann in der Autovermietung hatte ihm eingebläut, trotz der holprigen Strecke eher schnell zu fahren. So würden die Reifen über die meisten Hindernisse hinweggleiten, anstatt jedes Loch und jede Welle zu suchen. Faber hatte es nicht einmal versucht. Die Bodenwellen schaukelten ihn Kilometer um Kilometer in eine Art Wachtraum.

Auf dem Beifahrersitz lagen die Fotos der toten Inka. Bei Sandra wartete der Brief seines Vaters.

Vor zwei Tagen, während des nächtlichen Strandspaziergangs, hatte er wieder einmal über seine Sitzungen bei Dr. Teitelbaum nachgedacht. Sie hatten sich an einer Hotelbar in New York kennengelernt. Nichts anderes als ein Abenteuer schien die etwas ältere, sehr anziehende Frau von der Zufallsbekanntschaft zu erwarten. Er war damals gerade aus Chile geflüchtet, aus Inkas Garten. Befand sich in einem äußerst angeschlagenen Gemütszustand und war nicht auf Eroberungen aus gewesen. Statt eines Flirts entwickelte sich ein intensives Gespräch. Dabei war er absolut nicht der Typ, der sich Fremden gegenüber offenbarte. Und doch erzählte er in dieser New Yorker Sommernacht vieles von dem, was ihn umtrieb. Gegen Morgen verabschiedeten sie sich voneinander. Eine leichte Enttäuschung lag in ihren Abschiedsworten, dennoch gab sie ihm ihre Karte. Er könne sie anrufen, wenn er weitersprechen wolle, sagte sie, und strich ihm dabei zärtlich über den Handrücken.

In seinem Hotelzimmer hatte Faber sich danach lange im Spiegel betrachtet. Ein Mann, der am Rande seiner Welt hockte und herauszufallen drohte.

Am nächsten Morgen, im Taxi zum Flughafen, brach urplötzlich alles aus ihm heraus. Schweiß, Unruhe, Atemlosigkeit, Beklemmung, er hatte das Gefühl zu ersticken. Sofort ließ er den Fahrer wenden. Der Wagen brachte ihn nach Upper-Manhattan, zu einem alten viktorianischen Gebäude.

Aus diesem ersten Besuch wurden viele therapeutische Sitzungen. So viele, wie er damals ertragen konnte. In der ersten weinte er mehr als er sprach. Danach begannen sie zu arbeiten.

Faber atmete schwer. Er trank einen Schluck und warf dabei einen Blick auf den Beifahrersitz. Ein Teil der Bilder war durch das ständige Ruckeln des Wagens vom Sitz in den Fußraum gerutscht. Inkas Todesbilder lagen überall um ihn herum verteilt. Inka auf dem Sterbebett. Schläuche im Gesicht.

VI.

Eine Stunde später brachte Faber den Wagen abrupt zum Stehen. Nur einen Steinwurf entfernt stieß ein riesiger Andenkondor seine Klauen in ein Tier. Zwei weitere Vögel segelten über der Szenerie. Faber griff über die Rückenlehne und angelte nach seinem Kamerarucksack. Aus der Distanz war nicht zu erkennen, ob es sich bei dem Aas um ein frisch gerissenes Tier handelte. Deshalb schraubte er das ungeliebte Teleobjektiv auf die Nikon, ließ das Wagenfenster nach unten surren und schob die Kamera durch die Öffnung.

Der Kondor riss gerade ein Stück blutiges Fleisch aus einer klaffenden Wunde. Faber beobachtete, wie sich das Gewebe dehnte, sich unter der Kraft des Vogels auseinanderzog, wie eine sich langsam spannende Feder. Er meinte sogar das schmatzende Geräusch zu hören, als die Faser riss. Blut spritzte auf, schwebte für eine Sekunde als eine Aureole um den Kopf des riesigen Vogels, bevor es zu Boden tropfte. Faber erlag der Faszination, die von diesem archaischen Geschehen ausging.

Vorsichtig zog er die Kamera etwas auf, um den Bildausschnitt zu vergrößern. Wahrscheinlich gelänge ihm nur eine einzige Serie. Das Geräusch der auslösenden Kamera könnte den Vogel aufscheuchen.

Als der Schwanz des regungslosen Tieres im Sucher erschien, zuckte Faber zusammen. Er legte die Kamera auf das Armaturenbrett und seine Hand auf die Hupe. Unter lautem Gebrüll sprang er aus dem Wagen und rannte auf das am Boden liegende Tier, einen Hund, zu. Der Kondor wartete bis zum letzten Augenblick. Dann erhob er sich kreischend mit zwei, drei gewaltigen Flügelschlägen, Faber spürte noch den Luftzug. Allmählich gewann er an Höhe und zog abwartend seine Kreise.

Faber bückte sich und griff nach dem blutüberströmten Hund. Das Tier schnappte nach seiner Hand. Erschrocken wich er zurück, strauchelte und fiel auf den Hintern. Wenn der Hund noch in der Lage war nach ihm zu schnappen, dann war mehr Leben in ihm, als es zunächst den Anschein hatte. Vielleicht konnte er ihn retten.

Faber rannte zurück zum Wagen und holte seine Wasserflasche und die Reisetasche. Er ging vor dem Tier in die Hocke und begann sanft und leise auf den Hund einzureden. Vorsichtig berührte er seinen Nacken. Einmal noch erwachte der Überlebenstrieb des Hundes, dann schien er sich zu ergeben. Faber strich ihm mehrmals über den Kopf, über die Ohren. Erst dann näherte er sich der Schnauze. Sie war kalt und feucht. Der Hund ließ jetzt alles mit sich geschehen. Faber öffnete die Wasserflasche und goss ein wenig von der Flüssigkeit über die klaffende Wunde. Ein erbärmliches Jaulen erfüllte die klare Luft.

Nachdem er den größten Teil des verkrusteten Schmutzes weggewischt hatte, sah er, dass das Tier aus mehr als nur einer Wunde blutete. Mit seiner gewaltigen Kraft konnte ein Kondor zwar Kühe, Schafe und natürlich auch Hunde angreifen und töten. In diesem Fall aber hatte vorher jemand auf den Hund geschossen. Ihn mit einer Schrotladung schwer verletzt. Der Kondor musste sein blutiges Mahl gerade erst begonnen haben, sonst wäre das Loch wesentlich größer gewesen. Diese Raubvögel brauchten nicht allzu lange, um einem Tier von der Größe dieses Schäferhundes alles Fleisch von den Knochen zu reißen.

Faber öffnete seine Reisetasche und entnahm ihr ein dürftig ausgestattetes Erste-Hilfe-Set. Die Rolle Verbandmull, die obenauf lag, würde nicht reichen, um die Blutung zu stillen. Schon gar nicht, um dem Hund einen Verband anzulegen. Kurz entschlossen riss er eins seiner Hemden entzwei und tränkte die eine Hälfte mit dem Inhalt eines Fläschchens Jod. Er formte aus dem Stoff eine Kugel, legte dem Hund die linke Hand um die Schnauze und drückte mit der anderen vorsichtig das Knäuel in die Wunde. Ein Stoß Leben durchzuckte den zitternden Körper. »Gut so, wehre dich nur«, sagte Faber und fuhr fort, beruhigend auf den Hund einzureden.

Er war noch gut zwanzig Kilometer von Cerro Castillo entfernt. Dort hoffte er, einen Arzt zu finden, oder zumindest einen Farmer, der ihm helfen konnte, das Tier zu versorgen. Die Überlebensaussichten für den armen Kerl standen denkbar schlecht, aber Faber wollte es um jeden Preis versuchen. Er verstaute seine

Sachen im Wagen, bediente die Zündung und ließ das Fahrzeug langsam neben den Hund rollen. Er kuppelte aus, ließ den Motor aber laufen.

Ganz vorsichtig hob er das verletzte Tier an. Als er endlich wieder aufrecht stand, tropfte ihm der Schweiß von der Stirn. Eine Schar Stechmücken umschwärmte seinen Kopf. Er ging um den Wagen herum, kletterte mit seiner schweren Last umständlich auf die Ladefläche und bettete den Hund direkt hinter die Fahrerkabine auf das nackte Blech der Pritsche.

Zurück im Cockpit, sah er erneut die Raubvögel. Sie hatten ihre Beute noch nicht aufgegeben. Faber kurbelte die Lehne des Beifahrersitzes so weit wie möglich herunter. Dann stieg er aus, kletterte wieder auf die Pritsche, hob das Tier erneut auf und trug den Hund ins Wageninnere. Auf der Rückbank wäre es zu gefährlich für ihn. Faber wollte nicht riskieren, dass er durch das Gerüttel des Wagens in den Fußraum stürzte. Denn das würde er ganz sicher nicht mehr überleben.

Die verbleibende Strecke bis Cerro Castillo legte Faber in Rekordzeit zurück. Endlich verstand er auch, was man ihm in der Vermietstation hatte sagen wollen. Die Piste wirkte, auf diese Weise gefahren, tatsächlich weniger holprig. Für einen verletzten Hund jedoch waren die Schläge, die das Wageninnere erzittern ließen, immer noch schlimm genug. Während der gesamten Fahrzeit nahm Faber seine Hand nicht einmal von dem Körper des matt daliegenden Tieres. Immer wieder sprach er mit ihm, sanft, und fühlte ein ums andere Mal seine Schnauze. Sie hatte sich inzwischen deutlich erwärmt, kein gutes Zeichen?

In all der Aufregung war ihm nicht einmal aufgefallen, dass er den Hund direkt auf die Fotografien der sterbenden Inka gebettet hatte. Das Blut hatte inzwischen den notdürftigen Verband vollends durchtränkt. Es lief über die Flanke des Hundes und sammelte sich auf den Bildern der Toten. Ein zäh fließendes Rinnsal tropfte auch noch auf den Teil der Bilder, die im Fußraum lagen.

Cerro Castillo. Beinahe wäre er durch das Kaff hindurchgefahren, ohne sich klarzumachen, dass es sich bei der wie zufällig hingeworfen wirkenden Ansiedlung um den Ort handelte, den er seit Stunden ansteuerte und den er sehnsüchtig erwartete, seit er das sterbende Tier in seinem Wagen transportierte.

Das Nest hätte besser das Wort Junction im Ortsnamen geführt, denn eigentlich war es nur eine Kreuzung im Nirgendwo. Mehr als die wenigen windschiefen Gebäude, allesamt um die Kreuzung herumgruppiert, gab es nicht. Faber brachte den Wagen in der Mitte der Kreuzung zum Stehen. Links schlängelte sich die Piste zwischen saftigen Weiden und leichten Hügeln hindurch in Richtung Torres del Paine. Nach rechts stieg der Weg an, nach Argentinien, wie ein Schild lapidar vermerkte. Geradeaus führte die Straße bis zu einer Farm mit leuchtend rotem Dach und einem in der Sonne glänzenden Windrad. Das einzige gepflegt wirkende Gebäude des Weilers. Eine Schaffarm, wie Hunderte weißer Tupfer im satten Grün der dahinter liegenden Weide vermuten ließen. Der Ort wirkte wie ausgestorben. Kein Mensch auf der Straße. Totenstille.

Faber stieß den Schlag auf, stieg aus und streckte sich. Die Tür ließ er offen stehen, während er schnell auf die nächstgelegene Hütte zusteuerte. Er zog das Fliegengitter auf, klopfte an die Außentür und wartete einen Moment. Als keine Reaktion erfolgte, rief er laut: »Hallo?«

Ein entferntes Echo warf ihm das Wort dreifach zurück. Er lief hinüber zum nächsten Vorgarten, stieg über ein Ölfass und versuchte es erneut. Gerade als er wieder gehen wollte, hörte er hinter sich das Quietschen der Eingangstür. Im Rahmen stand ein Mann von vielleicht fünfzig Jahren. Sein Körper steckte in einem rostroten Overall. Auf dem Kopf trug er eine gestreifte Strickmütze. Er stand einfach da und sah Faber misstrauisch an, die Augen zu Schlitzen verengt. Vielleicht wegen der Sonne, die ihm gegenüber am Himmel hing. Aus seinem stoppeligen Gesicht wuchs eine unförmige, von Aknenarben überzogene Nase.

»Ich brauche Hilfe«, sagte Faber auf Spanisch. »Einen Doktor. Bitte, schnell.«

Der Kopf des Mannes hob sich. Langsam und mit schlurfendem Gang kam er auf Faber zu. Als ihre Blicke sich trafen, erkannte Faber die Farbe seiner Augen. Helles Grün, durchsichtig, wie dünner Tee. Und er war keinen Tag älter als fünfundzwanzig. Der Mann ging auf den Pick-up zu, der wie ein Fluchtwagen mit geöffnetem Schlag und laufendem Motor mitten auf der Kreuzung stand. Faber beeilte sich zu folgen und versuchte dabei zu erklären, was geschehen war. Der Mann reagierte erst, als er neben dem Wagen stand und den Kopf durch das geöffnete Beifahrerfenster steckte. Er lachte. Er lachte laut und schallend und klopfte Faber auf die Schulter, als habe er den Witz erst jetzt so richtig begriffen. Er murmelte etwas, das Faber nicht verstand. Gleich darauf bekam er den nächsten Lachanfall. Wieder schlug er dem Fremden mit jovialer Geste auf die Schulter, bevor er sich, ungläubig den Kopf schüttelnd, erneut in Bewegung setzte. Erst das Quietschen der Haustür machte Faber klar, dass er nicht träumte.

»Moment«, schrie er und rannte in einem Anflug von Panik hinter dem Mann her. »Was ist los? Das können Sie nicht machen. Ich brauche einen Arzt!«

Er schlug heftig gegen die wieder fest verschlossene Tür. Als sie sich erneut öffnete, blickte Faber in die Mündung eines Gewehrs.

Er rannte zurück zu seinem Wagen, rutschte hinters Steuer, ließ die Kupplung schleifen und schoss mit durchdrehenden Reifen auf das weiße Farmgebäude mit dem roten Dach zu. Als er in einer Staubwolke direkt vor dem Eingang stoppte und den Pick-up verlassen wollte, schlug direkt unter der Fahrertür ein Hund an. Ein weißer American Pitbull Terrier hinderte Faber daran auszusteigen. Die blutunterlaufenen Augen des Kampfhundes stierten ihn an. Faber kurbelte zur Sicherheit die Scheibe hoch. Ein schriller Pfiff ertönte. Wie von einem Stromschlag getroffen ging das mächtige Tier vor dem Wagen um einige Zentimeter in die Knie, als wolle es sich unter dem Pfiff wegducken. Mit einem Satz wich es aus und trottete zurück zu dem Nebengebäude.

Auf einer Veranda, unter einer Reihe Blumenampeln, stand eine Frau in einem knöchellangen Rock. Ihr Oberkörper war in eine Lederweste gepresst, das graue Haar zu einem strengen Dutt hochgesteckt, der Gesichtsausdruck ebenso unfreundlich wie der ihres Nachbarn. Zwischen den schmalen Lippen steckte eine Zigarette, während ihr Kiefer gleichzeitig energisch auf einem Kaugummi herumkaute. Immerhin bewegte sich die Frau auf ihn zu.

Faber stieg aus, nickte zur Begrüßung lediglich kurz mit dem Kopf und erklärte sich auf Spanisch.

»Stranger«, war alles, was die Frau in einer Mischung aus Feststellung und Verachtung dazu zu sagen hatte. »Get him in«, fügte sie hinzu, nachdem sie durch die Wagentür einen Blick auf das verletzte Tier geworfen hatte. Faber packte sich den Hund zum dritten Mal innerhalb kürzester Zeit auf beide Arme und folgte der Frau.

Im Inneren des Farmhauses roch es streng, feucht und schlecht gelüftet. Essensgeruch hing in der Luft. Die Vorhänge waren zugezogen. Sie durchquerten einen kleinen quadratischen Flur, gingen an der offen stehenden Badezimmertür vorbei und betraten am Ende des Gangs eine Küche. Vor einer Wand stand ein einfacher Holztisch, darauf ein Strauß frischer Blumen in einer Glasvase. Die Frau nahm die Vase und stellte sie auf ein Bord über dem Kohleherd. Der Inhalt einer Blechkanne brodelte auf der heißen Platte vor sich hin. Eingebrannter Kaffee, ein weiterer beißender Geruch.

Faber bekam Atemnot, zumal die Frau im Sekundentakt an ihrer Zigarette zog. Sie ging zu einem Wandschrank und entnahm ihm eine Wachstischdecke.

»What are you waiting for?«, bellte sie in Fabers Richtung, nachdem sie die Decke über den Tisch geworfen hatte. »Put him on the table and get yourself a drink.« Dabei deutete sie auffordernd auf eine weitere Tür in ihrem Rücken.

Faber zögerte, öffnete dann aber doch die Schwingtür. Im Kamin glomm der Rest eines Feuers. Davor stand ein einzelner Sessel. Eine Stehlampe beleuchtete mit trübem Licht den Raum, einen Raum ohne Fenster. Die Luft um keinen Deut besser als in den anderen Zimmern des Hauses. Faber griff sich an die Kehle. Atmete tief ein und aus. Er musste ruhig bleiben, durfte jetzt auf gar keinen Fall panisch werden.

Eine flauschige Decke lag unordentlich über Sitz und Lehne des Sessels. Auf dem schmalen Beistelltisch stand ein Glas mit einer gold-gelben Flüssigkeit. Ein aufgeschlagenes Buch lag daneben. Die Frau hatte eine Brille im Haar stecken, erinnerte sich Faber. Er hatte sie gestört. Alkohol am frühen Nachmittag, geschlossene Vorhänge, ein einzelner Sessel.

Über dem Kamin hingen ein Gewehr und ein Wimpel. Faber trat näher. Ein Banner der Royal Navy. In einem Rahmen daneben, fein säuberlich aufgereiht, eine Reihe militärischer Orden am Band. Und zahlreiche Fotos. Erinnerungsfotos an eine lang zurückliegende Zeit beim Militär. Auf jedem dieselbe Frau, die, die gerade nebenan den Hund zusammenflickte.

Faber ging zurück zur Tür und lauschte. Er hörte

Geräusche, öffnete die Tür einen Spaltbreit. Ihr Oberkörper war tief über den Hund gebeugt. Sie war dabei, die Wunde zu säubern und die Schrotkugeln zu entfernen. Soweit Faber sehen konnte, benutzte sie dazu ein OP-Besteck.

Er ging zurück zu den Fotografien. Reihen von Soldaten. An Deck eines Schiffes, in einer Feldküche. Sie immer mitten unter den Leuten. Ein Bild zeigte sie unter drohendem Himmel an einem Strand. Es schien sehr kalt zu sein. Sie hatte den Kragen hochgeschlagen und blies ihren warmen Atem in die blau gefrorenen Fäuste. Im Hintergrund eine amphibische Landung von Truppenverbänden. Faber meinte die Landschaft identifizieren zu können. Es hatten nicht viele Kriege der Neuzeit in kalten Gegenden am Meer stattgefunden. Port San Carlos. Die Nordküste der Ostfalklandinsel. Die Landung der Royal Navy. Faber wusste sogar noch das Datum. Es war der 21. Mai 1982 und sein erster Einsatz an der Front gewesen. Drei Monate, neunhundert Tote, zweitausend Verletzte. Ein lächerlicher Krieg um ein paar Inseln im Nirgendwo. Ohne jede Bedeutung. 52° Süd, 59° West. Danach hatten sie in Argentinien die Junta gestürzt.

Und sie trug tatsächlich die Binde der Sanitätseinheit über ihrer Fliegerjacke. Der Hund war also in guten Händen. Faber entspannte sich.

An der gegenüberliegenden Wand standen Regale aus Kiefernholz. Hunderte von Taschenbüchern, die bunten Buchrücken streng alphabetisch sortiert. Ausschließlich Romane. Im ersten Fach allerdings eine Sammlung schottischer Malt-Whiskys. Kein weiteres

Glas. Besuch schien sie nicht zu haben. Faber hätte etwas für ein Glas Wasser gegeben.

Das erste Buch war Isabel Allendes *Geisterhaus.* Er fand Chatwin, aber das war in Patagonien keine Überraschung, und Paul Theroux, ein weiterer Patagonienreisender. *Orlando oder die Liebe zur Fotografie* war eines seiner Lieblingsbücher. Er befand sich inmitten einer großartig sortierten Bibliothek. *Die Insel* des Kanadiers Alistair MacLeod. Niemand hatte die karge Landschaft Cape Bretons so eindringlich beschrieben wie er, in einer wunderbar klaren Sprache.

Faber liebte Bücher. Schon sein ganzes Leben lang. Nur, dass er sie nicht aufhob, wie die Frau, in deren Leben er gerade eindrang. Faber kaufte sich ein Buch und las. Die gelesenen Seiten riss er heraus und warf sie fort. Die Bücher starben unter seinen Händen. Deren Inhalt aber starb nie. Faber hatte ein fabelhaftes Gedächtnis. Nicht, dass er ganze Passagen behalten hätte oder gar aus Büchern zitieren könnte. Ihm blieben die Bilder, die das Lesen in ihm auslöste.

Früher, als Junge, hatte er den ganzen Tag mit der Nase in seinen Büchern verbracht. Auch als er noch nicht lesen konnte. Bilderbücher, wie herrlich sich in deren Welten zu verlieren. Vor allen anderen aber hatte es ihm der große Atlas angetan und die wenigen Bücher über ferne fremde Länder. Er liebte es, sich in die Bilder hineinzuträumen. Zu glauben, er stünde leibhaftig neben diesem großen dunkelhäutigen Massai-Krieger mit langem Speer und vielen bunten Reifen um den Hals. Er säße in dem Einbaum, mit dem die Indios den Amazonas hochfuhren, erkletterte die Pyramiden, ritt auf dem Elefanten oder fuhr mit dieser rußigen nachtschwarzen Dampflok durch die Anden. Würde wilde Früchte essen, verbotenen Fisch, Kokosmilch trinken.

Fabers Leben als Kind hatte sich in Büchern abgespielt. Bücher zeigten ihm die Welt, nach der er sich sehnte und hielten gleichzeitig deren Gefahren von ihm fern. Bücher waren wundervolle Freunde. Wie viele Bücher hatte er als Junge verschlungen? Gehänselt worden war er für sein ständiges Lesen, daran erinnerte er sich genau. Und vor den Buchreihen in diesem Kaff Patagoniens fiel ihm auch urplötzlich wieder ein, wie sein Vater, der Mann ohne Gesicht, ihn eines Nachts überrascht hatte. Er lag in seiner Höhle unter der Bettdecke. Gemütlich, mit einer Taschenlampe und Keksen ausgestattet. In ein Buch vertieft, das er vorher aus dem Bücherschrank der Eltern entwendet und heimlich in sein Zimmer geschleppt hatte. An den Titel konnte er sich heute nicht erinnern, wohl aber an die Schmach des Entdecktwerdens, des Ausgeliefertseins und an die Ohrfeigen.

Faber hob die Hand zur Wange. Er zuckte zurück, als er sich selbst berührte.

Am Tag, an dem seine Flucht in die Bücher ihr vorläufiges Ende fand, war er neun Jahre alt. Diese einschneidende Veränderung in seinem noch jungen Leben verdankte er ausgerechnet dem Jungen, dessen Worte ihm seit dem Tod des Vaters, vier Jahre zuvor, mahnend im Gedächtnis geblieben waren. Worte, die kein gutes Haar an ihm als Sohn gelassen hatten. Er erinnerte sich genau an den Tag, als seine Mutter ihn zum ersten Mal wieder zum Spielen auf die Straße schickte. Ein Sommertag, ein Tag für kurze Hosen. Die Mädchen schoben ihre Puppenwagen, die Jungs tollten hinter einem Ball her. Er hockte sich verschämt auf den Bordstein und blätterte in einem Buch. Die übrigen Kinder starrten zu ihm herüber, wie zu einem Aussätzigen. Eigentlich hatte er vorgehabt, das Haus nie wieder zu verlassen. In diesem Augenblick der Scham wusste er weshalb. Er hatte sogar ernsthaft vorgeschlagen umzuziehen, sein Ansinnen der Mutter aber nicht richtig erklären können.

Minuten später saß eben dieser Junge, Max, neben ihm. Am Anfang versuchte Max noch, ihn mit kleinen Geschichten aufzumuntern. Er aber saß nur still da und sah verlegen zu Boden. Wie war man traurig? Das fragte er sich unablässig. In der Familie hatten sie lange geweint, eigentlich Tag und Nacht. Trauer hatte Faber bei all dem Weinen nie empfunden. Im Gegenteil, er spürte eine Leichtigkeit, die ihn sehr verunsicherte und über die er mit niemandem sprechen konnte.

Und Max tat noch mehr. Zum Trost schenkte er ihm ein gerahmtes Foto von einem Delphin. Damals liebte Faber Tierfotos. Dankbar hatte er zu dem Jungen aufgesehen und ihm zugelächelt. Doch der hatte auf einmal nichts Eiligeres zu tun, als aufzuspringen, mit dem Finger auf ihn zu zeigen und so laut, dass alle es hören konnten, zu rufen: »Trini ist gar nicht traurig. Ich glaube, sein Vater ist gar nicht tot.«

Mit hochrotem Kopf rannte er zurück ins Haus,

das er für die nächsten Tage erst einmal nicht wieder verließ. So lange nicht, bis derselbe Junge in der Tür stand, um sich bei ihm zu entschuldigen. Seine Mutter im Rücken, die dafür sorgte, dass Max nicht entfliehen konnte.

Max und er waren dann doch noch Freunde geworden, zumindest was er damals für einen Freund hielt. Sie sprachen hier und da ein paar Sätze miteinander und Max hänselte ihn nicht länger für sein Lesen. An den Spielen der anderen Kinder nahm er auch danach noch nicht teil, aber das war ihm gerade recht. Nicht, dass er unsportlich gewesen wäre, ihm behagte einfach Nähe nicht. Stattdessen liebte er es zu laufen. Laufen war neben den Büchern seine große Leidenschaft. Bis ihn Max überredete, an einem Fotokurs teilzunehmen und die Bücher damit erst einmal aus seinem Leben verschwanden.

Faber blickte auf die Uhr. In weniger als einer Stunde würde die Dämmerung einsetzen, und nach Einbruch der Nacht war der Zugang zum Nationalpark versperrt. Besucher mussten sich im Verwaltungsgebäude bei den Parkrangern registrieren, bevor sie auf eigene Faust weiter in das riesige Naturschutzgebiet vordringen durften. Ein Hotel gab es in Cerro Castillo vermutlich nicht. Er würde also die Nacht irgendwo zwischen hier und seinem endgültigen Ziel, der Hostéria Pehoé am gleichnamigen See verbringen müssen.

Er ging die wenigen Schritte bis zur Küchentür, klopfte und fand die Hausherrin mit den Händen unter dem dampfend-heißen Wasserstrahl der Spüle. Der

Hund lag nach wie vor auf dem Tisch. Seine Wunden waren jetzt sauber verbunden und kein Blut war mehr zu sehen. Das Operationsbesteck lag gereinigt in einer nierenförmigen Metallschüssel, die blutbefleckten Tücher zusammen mit Fabers Hemd in einer Ecke des Raumes auf dem Boden.

Faber beugte sich tief über den Küchentisch und flüsterte dem Hund etwas zu. Vorsichtig, ganz vorsichtig, legte er seine Hand auf die Flanke des Tieres. Sein Herz schlug noch, aber der Atem war flach. Er strich ihm einige Male durchs Fell und kraulte ihn unter der Schnauze.

»Wird er es überleben?«

»Wir werden sehen! Nimm den Köter vom Tisch« – sie sprach weiterhin ausschließlich Englisch mit Faber – »und schaff ihn aus dem Haus. Nebenan im Stall ist genügend Stroh. Mach ihm ein Lager und dann lass uns etwas essen gehen.«

Auf der Veranda blieb Faber stehen und sog begierig die frische Luft ein. Die Sonne stand tief und es war empfindlich abgekühlt. Schnell trug er seine Last über den Hof zur Scheune. Der Pitbull war nirgends zu sehen.

In einer Ecke der Bretterbude türmten sich die Strohballen bis fast unters Dach. Mitten im Raum stand ein altersschwacher Trecker neben einem ziemlich modernen Heuwender. Im hinteren Teil der Scheune schienen sich Pferdeboxen zu befinden. Das Geräusch von Hufen, die gegen hölzerne Stalltüren schlugen, erschreckte Faber. In einem der Ställe stand ein stämmiges Tier, das bei seinem Eintreten unruhig geworden war. Ein-, zweimal schnaubte das Pferd, bevor es sich zu beruhigen schien.

Im schummrigen Licht, das zwischen den Brettern hindurch ein Streifenmuster auf den Scheunenboden zeichnete, zog er ausreichend Stroh aus dem nächstgelegenen Ballen und breitete es in einer freien Ecke aus. Auf einer wackeligen Stellage, vollgestellt mit Farbtöpfen, Reinigungs- und Lösungsmitteln, entdeckte er eine zerschlissene Pferdedecke. Um den Hund zu wärmen, reichte sie aus. Wahrscheinlich hatte die Farmerin ihm ohnehin ein Beruhigungsmittel gespritzt und er würde die nächsten Stunden friedlich schlafen.

Faber verspürte jetzt Hunger. Sein Magen hatte sich schon vor einer Weile mit einem Knurren bei ihm gemeldet. Es befand sich ausreichend Wasser in seinem Reisegepäck, aber nicht ein Kanten Brot. Noch nicht einmal Obst hatte er mitgenommen. Wahrscheinlich weil er ausgiebiger gefrühstückt hatte, als er es für gewöhnlich tat. Gutes, klares Wasser brauchte er immer und zu jeder Zeit. Nichts erfrischte ihn mehr. Deshalb griff er sich auch eine Flasche von der Ladefläche seines Pick-ups, bevor er zurück ins Haus ging.

Das Restaurant, in das die Engländerin ihn führte, war eine Art Krämerladen, aber auch örtliche Tankstelle, wie die manuellen Benzinpumpen und die zahlreichen Benzinfässer vor dem unscheinbaren Farmhaus verrieten. Die Wände waren vollgestellt mit Regalen, in denen sich Konserven und Verpackungen stapelten. Seifenpulver neben Püreeflocken. Dosenfisch neben Motorenöl. Süßigkeiten neben Schraubenboxen. Über dem Tresen hingen Wimpel von argentinischen Fußballmannschaften und Würste, die mit weißem Pelz überzogen waren. In einer Ecke brummte ein gläserner Kühlschrank. Direkt daneben eine fleckige Kühltruhe. Über allem waberte heißer Dampf und ein Geruch, der in Schwaden aus der kleinen offenen Küche in den Schankraum trieb.

Chili! Gekochtes Fleisch. Er mochte den Laden sofort. Keiner der Anwesenden nahm von den Ankömmlingen Notiz. Auch seine Begleitung schien kein Bedürfnis zu haben, einen der übrigen Gäste in der schummrigen Kneipe zu begrüßen. Faber vermeinte beim Eintreten ein leises Knurren aus ihrem Mund gehört zu haben, aber wahrscheinlich irrte er. In dem engen Raum herrschte eine Stille, als sei er menschenleer. Niemand sprach mit seinem Nachbarn, keiner lachte. Ab und zu ein keuchender Husten. In der hintersten Ecke saß ein Paar, das sich in die Augen starrte. Ihre Köpfe waren nur Zentimeter voneinander entfernt. Eine Welt außerhalb ihrer Zweisamkeit schien für sie nicht zu existieren. Für ein Liebespaar waren die beiden entschieden zu alt. Faber beobachtete die Szene eine Weile. Regungslose Gesichter, kein Lächeln, keine verliebten Gesten. Vielleicht stritten sie, überlegte er und konnte sich bei der Vorstellung ein Grinsen nicht verkneifen. Es fiel ihm schwer, seine Augen von diesem seltsamen Kammerspiel abzuwenden.

Ansonsten befanden sich nur stumpf dreinblickende Männer in der Kneipe, sah man von Fabers Tischdame ab. Zu den Küchendämpfen gesellte sich der Rauch der Zigaretten. Jeder hier rauchte, unaufhörlich. Und alle hatten Bier vor sich stehen. Auch Faber und seine englische Gastgeberin. Ein Bier und einen dampfenden Teller mit Bohnen, Kartoffeln, verkochtem Lauch und sehnigem Lammfleisch. Alles schwamm in einer scharfen Brühe. Bestellt hatten sie nicht. Wer hierherkam, wollte essen und trinken. Der Wirt kannte seine Gäste, es gab täglich nur ein Gericht. Ein einfaches Leben.

Mit Heißhunger machte er sich über das Essen her. Dazu trank er in langen Schlucken aus der mitgebrachten Wasserflasche. Niemand nahm Anstoß daran, wenn es überhaupt bemerkt wurde. Er brauchte sich nicht zu erklären. Auch seine Tischdame machte nicht den Anschein, als verlange es sie nach einem Gespräch. Sie tat genau das, was alle taten. Sie aß, ohne die Zigarette dabei auszumachen, rauchte zwischendurch, starrte dabei gedankenverloren durch Faber hindurch und trank ihr Bier. War die Flasche geleert, brachte der Wirt ungefragt eine neue. Wer hier saß, trank. Hatte man genug, stand man auf und ging.

Die Engländerin sagte kein einziges Wort. Nichts über die Operation, kein Wort über den Zustand des Hundes, keine Einladung zur Übernachtung. Keine Fragen.

Nachdem sie gegessen hatten, deutete sie mit dem Kopf nach draußen.

Faber zog einige Geldscheine aus der Tasche. Die Frau legte ihm die Hand auf den Arm und schüttelte den Kopf. Ohne zu bezahlen verließen sie die Bar.

»Gutes Essen«, sagte sie, während Faber und sie mitten auf der Kreuzung standen. Etwa an der gleichen

Stelle, an der er vor Stunden in Panik den Wagen angehalten hatte.

»Ja, gutes Essen. Danke für die Einladung.«

Faber sah sich um. Ein fast voller Mond stand jetzt direkt über der Piste, die nach Argentinien führte. Vor dem letzten Haus auf chilenischer Seite brach sich das Mondlicht auf dem glänzenden Lack des Schlagbaums. Eine Lampe über dem Eingang des Wärterhäuschens beleuchtete die chilenische Flagge. Zwei Männer standen gegen den Schlagbaum gelehnt und rauchten. Jeder, der wollte, hätte rechts oder links vorbeigehen können. Selbst der Straßenverlauf machte einen schwungvollen Bogen um die lächerliche Barriere. Er zog seine Kamera, ging einige Schritte näher heran, wählte den richtigen Ausschnitt und schoss eine kurze Serie.

»Warum fotografierst du?«, fragte sie ihn. Die erste persönliche Frage. Die erste Frage überhaupt an ihn.

»Ist mein Job. Ich bin Fotograf.«

Sie wiederholte ihre Frage und er verstand.

»Die Geschichte ist zu lang«, antwortete Faber ausweichend. Er hatte sie noch niemals irgendwem erzählt. Warum auch? »Wie heißen Sie eigentlich?«

»Trudy.«

»Trudy … Danke, Trudy. Im Namen des Hundes, meine ich.« Er lachte kurz und trocken. Sie schien das nicht komisch zu finden, verzog keine Miene. »Ich heiße übrigens Trinidad, aber jeder nennt mich Trini. Sagen Sie, gibt es hier eine Pension?«

»Da kommen wir gerade her«, antwortete sie trocken.

»Oh! … Hätten Sie was dagegen, wenn ich auf Ihrem Gelände übernachte?«

»Ich habe ein Gästezimmer.«

»Sehr freundlich. Aber nein, ich habe Ihnen schon genug Umstände gemacht. Ich kann wunderbar auf der Pritsche meines Wagens schlafen. Bin ich gewohnt.«

»Na schön«, sagte sie. »Und was ist mit dem Hund?«

Ja, dachte Faber, was ist mit dem Hund? Ihn retten war eine Sache, aber was machte man hinterher mit dem Tier? »Keine Ahnung«, antwortete er wahrheitsgemäß. »Ich dachte, Sie wüssten vielleicht, wem er gehört?«

Trudy legte den Kopf in den Nacken und ließ ein repetierendes Glucksen ertönen.

»Wissen Sie nicht«, stellte Faber fest und nickte dabei mit dem Kopf. »Er gehört niemandem, wollten Sie sagen. Dann können wir ihn doch wieder laufen lassen, wenn er zu Kräften gekommen ist.«

»Ja, können wir, oder ich erschieße ihn auf der Stelle. Wenn er die Operation überlebt, geht der nicht wieder fort. Könnte aber sein, dass Ken ihn sich dann vornimmt.«

»Ken?« Faber sah sie an. Sie rauchte immer noch, jetzt wieder in Verbindung mit einem Kaugummi. Aber er kannte die Antwort im gleichen Moment, der Pitbull. »Ken«, sagte er, »klar, Ken.«

»Ist dein Hund«, sagte Trudy mit Nachdruck in der Stimme.

»Nein!« Fabers Stimme war fest. »Ich habe ihn lediglich gefunden. Oder hätte ich ihn Ihrer Meinung nach liegen lassen sollen? Ich kann keinesfalls warten, bis er sich erholt hat. Ausgeschlossen. Tut mir ehrlich leid. Aber wenn Sie ihn so lange pflegen könnten … Ich kann dafür bezahlen … Ich muss zur Beerdigung – meiner Schwester.«

»Und danach kommst du zurück und holst das Tier ab? Glaubst du, nur weil ich hier am Arsch der Welt lebe, kannst du dich über mich lustig machen? Warum hast du den Köter überhaupt angeschleppt?«

»Weil er Hilfe brauchte.« Faber flüsterte die Antwort. Und er sah dabei zu Boden.

»Die brauchst du auch«, sagte Trudy und ließ ihn stehen. Es waren die letzten Worte, die sie miteinander wechselten.

Faber rollte sich in den Schlafsack. Er beobachtete den Sternenhimmel, dann wälzte er sich für Minuten unruhig hin und her. Er war zu aufgewühlt, um wirklich schlafen zu können. Er konnte sich nicht um einen Hund kümmern, er konnte sich ja noch nicht einmal um einen Menschen kümmern. Er hätte es wissen müssen. Er zog Schwierigkeiten an. Fremdes Leid, starke Gefühle, Wut, das Leben blieb aber immer vor seiner Linse, konnte ihm nichts anhaben.

Warum hatte Trudy ihn nach dem Sinn seiner Arbeit gefragt? »Asshole – Arschloch«, hatte sie im Weggehen beiläufig fallen lassen. Aber was wusste sie schon? Er hatte einen Ersatz für die Bücher gefunden.

Zuerst hatte er nur harmlose Straßenszenen fotografiert. Eigentlich waren die Bilder Nebensache. Hauptsache draußen, Hauptsache immer unterwegs. Hundehalter, Männer und Frauen im Park, ein Mädchen, das versuchte seinen Puppenwagen eine Treppe hinaufzuziehen – was auch immer kam, er konnte endlich daran teilhaben. Mit der Zeit wurde er mutiger. Er fand einen gerupften Vogel, vermutlich von einer Katze getötet, und hielt ihn im Bild fest. Er fand eine überfahrene Katze und war mit seiner Kamera so nah herangegangen, dass man jedes Detail des zerfetzten Kadavers genau erkennen konnte. Er sah einen Hund, der ein Stück rohes Fleisch fraß, und hielt auch das in Großaufnahme fest. Genau diese drei Aufnahmen hatte er dann in der Foto AG als seine Jahresabschlussarbeit eingereicht. Nachdem er sie abgezogen und in der gleichen Reihenfolge, wie sie entstanden waren, auf einen Karton geklebt hatte.

Ihn konnte jetzt nichts mehr aufhalten. Wie aufregend das Leben plötzlich geworden war. Auf einmal gab es keine Gefahren mehr und Dinge, vor denen er sich noch vor Monaten bis zur Starre gefürchtet hatte, ließen ihn plötzlich seltsam kalt. Wenn ihn etwas ängstigte, nahm er die Kamera hoch und betätigte den Auslöser, brachte einfach das Stück Metall zwischen sich und die anderen. Auch im Schulunterricht, selbst zu Hause, sogar bei Inka. Bald war er ebenso mutig wie alle anderen Jungs um ihn herum. Aber er ging weiter, immer weiter. Er wurde Fotograf. Zunächst noch für die Schülerzeitung. Dann interessierten sich plötzlich Tageszeitungen für seine Bilder. Er war bei Unfällen dabei, die die Leser interessierten. Ließ sich durch die gefährlichen Gegenden der Stadt treiben, hing mit Kleinkriminellen rum und wurde in all den Jahren zunehmend unsichtbarer. Seine Kamera ermöglichte ihm mehr Leben, als er je gehofft hatte zu bekommen.

Mitten in der Nacht schlich er mit seinem Schlafsack hinüber zur Scheune. Der Hund lag ruhig auf dem Stroh. Faber legte sich daneben und seinen Arm über den warmen Hundekörper.

Früh am nächsten Morgen setzte er sich hinter das Steuer seines Mietwagens und mit dem ersten Licht des Tages rumpelte er über die Piste in Richtung Torres del Paine.

Protokoll 12.06.
Beginn 19:11 Uhr

- Es ist dunkel. Überall dunkel … Aber das ist nicht schlimm. Da ist ein Fitzelchen Licht, ganz wenig. Tageslicht, glaube ich.

- Keine Ahnung … Vielleicht möchte ich darauf zugehen? … Ja, ich bewege mich. Ich gehe darauf zu … Jetzt kann ich es genau erkennen: Es ist Sonnenlicht … Ein heller, strahlender Tag … Ich stehe an einem schmalen Bach.

- Nein, nicht derselbe. Es sieht völlig anders aus hier. Ganz andere Bäume … Alles … alles irgendwie südländischer. Pinienbäume. Dahinter sind Dünen … Das Gras ist verbrannt. Von der Sonne wahrscheinlich. Vielleicht ist es heiß, aber das interessiert mich nicht. Es gibt einen Weg … Er ist sandig. Jetzt laufe ich … Ich renne. Das macht Spaß.

- Ist doch egal wohin. Ich laufe einfach nur … Ich spüre keine Hitze. Immer schneller … Auf der anderen Seite sind Wiesen … Jetzt kommt ein Haus. Sieht aus wie eine alte Mühle.

- Nein, Tische. Einige sind besetzt … Die meisten sogar. Es sieht aus wie ein Ausflugslokal. Sie essen Waffeln. Ich kann sie riechen.

- Nein, es ist jetzt eine ganz andere Landschaft … Eher wie bei uns. Ich kenne das Gelände … Von früher …

- Ich will weiterlaufen … Ich will weiter … Da kommen wieder Felder … Kein Wald mehr. Alles ist jetzt frei. Ich kann ganz weit sehen … Dahinten hört der Weg auf, da ist nur noch der Himmel … Es wird immer heller.

- Ich stehe vor dem Wasser. Es ist eine riesige Fläche … Ich glaube, es ist das Meer … Der Bach ist weg … Nein, dahinten ist er noch. Er mündet hier ins Meer. Dahinten, hinter dem Schilf … Ich sehe ihn nicht mehr, aber ich weiß es.

- Ja, ein langer Strand. Ein wunderschöner Strand. Niemand da. Ganz friedlich … Jede Menge Strandgut. Keine Liegen, keine Schirme, keine Menschen … Niemand, nur ich allein. Aber da ist dieses wunderschöne Licht. Die Sonne geht unter und alles ist in ein rötliches Licht getaucht. Feuerrot … Es ist ganz ruhig und friedlich.

- Weiß nicht, was ich machen möchte. Mich hinsetzen vielleicht? Oder spielen.

- Nein, nicht mit anderen Kindern. Mit … Vielleicht mit einem Hund.

- Nein. Ich könnte hinter den Dünen nachsehen. Oder ich bleibe einfach hier sitzen.

- Ja, ich sitze im Sand und habe die Beine angezogen.

- Ein bisschen feucht, aber schön … Das Meer ist ganz ruhig. Die Sonne geht gleich unter … Ich gehe vielleicht doch mal hinter der Düne nachsehen … Ich bin da.

- Ja, ein großer Schäferhund. Er ist lieb. Ganz freundlich. Er tut nichts. Ich würde ihn gerne streicheln … Und dann mit ihm über den Strand jagen.

- Er bleibt einfach stehen … Jetzt ist er direkt vor mir. Er springt an mir hoch … Ich kraule ihn … Er freut sich, mich zu sehen …

- Ich sitze wieder im Sand.

- Der hockt neben mir.

- Nein, ich habe den Arm um ihn gelegt und mein Kopf ist ganz nah an seinem … Ich rieche seinen Atem … Es riecht faulig … Nicht gut … Mir wird schlecht …

- Er ist weg. Ich bin wieder allein.

- Nein, nur ein bisschen traurig … Ich bin nicht mehr am Meer.

- Wieder so ein Fluss. Ziemlich flach. Er führt ins Landesinnere … Und ein Flugzeug. An der nächsten Biegung steht ein Flugzeug … Nicht sehr groß. Eine Propellermaschine … Ein altes Wasserflugzeug. Zweisitzer. Und ein Pilot … In so einer braunen Lederjacke mit vielen Aufnähern … Er lächelt und winkt mich zu sich ran … Ich habe Angst zu fliegen. Er winkt mir immer noch … Er will, dass ich einsteige.

- Ich weiß, aber ich glaube, ich mache es trotzdem …

- Wir sind schon in der Luft.

- Nein, ich habe überhaupt keine Angst mehr … Seltsam … Ich stoße Freudenschreie aus … Es wird immer dunkler draußen, aber wir fliegen der Sonne entgegen. Hinter uns, ganz schwarze Wolken.

- Nein, gar nichts. Es macht mir überhaupt nichts aus. Im Gegenteil. Ich habe richtig Spaß. Überhaupt keine Angst mehr … Ich schlage das Klappfenster hoch und stecke den Kopf in den Wind … Seltsam … Ich kotze … Ein riesiger Schwall … Es hört nicht mehr auf. Ein mächtiger Schwall. Viel zu groß eigentlich, kann gar nicht von mir sein. Ich muss mich immer mehr übergeben. Aber es ist nicht schlimm.

- Nein, ich fühle mich überhaupt nicht schlecht … Ich bin glücklich.

Ende 19:42 Uhr.

VII.

Über der Portería zog ein Adler seine Bahn. Faber lehnte sich gegen das Lenkrad und sah zu dem Vogel hoch. Ein großes Tier mit einer gewaltigen Spannweite. Er stoppte den Wagen und trank einen Schluck Wasser. Der Parkranger begrüßte ihn mit einem angedeuteten Kopfnicken. Faber schob ihm einen 10-Dollar-Schein auf den Holztresen. Zusammen mit der Quittung erhielt er eine Reliefkarte des Nationalparks und einen kleinen Stapel Informationsbroschüren über dessen Entstehung, besondere Einrichtungen, Wanderwege, Fauna und Flora. Den Wetterbericht für die kommenden Tage gab es mündlich obendrauf. Eine Schönwetterlage war von Westen hereingezogen und sollte, geschah nichts Unvorhersagbares, mindestens noch bis zum Wochenende für blauen Himmel sorgen, versprach der Ranger. Mit erträglich warmen Tagestemperaturen und empfindlich kühlen, aber klaren Nächten.

»Der Wind«, erklärte er zum Abschluss, und seine Augen blinzelten dabei listig, »legt speziell für Ihren Besuch eine kurze Pause ein. Einen schönen Tag noch.« Er tippte mit dem Zeigefinger an die Hutkrempe und schloss das Schiebefenster der Hütte.

Wenige Kilometer hinter der Portería passierte Faber einen still daliegenden See, auf dessen glatter Oberfläche sich die Cuernos del Paine spiegelten, die Hörner bildeten die zentrale Gebirgskette des Paine-Massivs. Von hier ab führte ihn die Strecke durch hügelige Savannenlandschaft. Die einschläfernde Eintönigkeit wurde lediglich von einigen kleinen oder größeren Lagunen unterbrochen. Hinter einer der vielen Kurven kam Faber unversehens ein Hotelbus, voll besetzt mit Hippies, entgegen. Nach einer weiteren stoppte er den Wagen, um eine Herde Guanakos vorbeiziehen zu lassen. Für eine mögliche Begegnung mit dieser seltenen Spezies hatte ihm der Parkranger einen Ratschlag mit auf den Weg gegeben: sich absolut ruhig zu verhalten, wenn er auf die scheuen Tiere traf, die so etwas wie die Wappentiere des Parks waren. Er beobachtete die Herde kurz, fand die Tiere, die ihn von ihrer äußeren Erscheinung her an Lamas oder Alpakas erinnerten, allerdings nicht sehr interessant. Während er wartete, las er in den Begleitbroschüren: Neben Adlern, Kondoren und den Guanakos hatten Rot- und Graufüchse im Park ihr Zuhause. Nandus, Enten, verschiedene Hasenarten und natürlich Schafe gehörten ebenfalls zu den hier heimischen Tierarten. Menschen sollte es zu dieser Jahreszeit eigentlich nicht mehr allzu viele geben. Mit Ausnahme von ein paar Kletterern vielleicht, die, zumeist in Puerto Natales, darauf warteten, dass Wetterbedingungen eintraten, die die Ersteigung der Torres oder einen der anderen Berge des Massivs möglich machten. Bei der hier normalerweise herrschenden Windstärke galt dies als gefährlich, zudem lagen die Gipfel häufig unter Wolken versteckt. In einem Monat würden die beiden Pensionen im Park ebenso schließen wie die bewirtschafteten Hütten auf den Trails. Eigentlich sprach also alles für einen ruhigen, stillen Aufenthalt.

Nach einigen abenteuerlich anmutenden Brückenüberquerungen erreichte Faber eine Weggabelung. Er sah auf der Karte nach und folgte dann dem Hinweisschild in Richtung *Salto Grande.*

Der Salto Grande verband den höher gelegenen Lago Nordenskjöld mit dem weiter südlich gelegenen Lago Pehoé, an dem Fabers Herberge lag. Er stellte das Auto am Ende der Piste ab und ging die wenigen abschüssigen Meter durch Weidegras hinab zu den schwarzen Felsen am Fluss. Vor den Bergen, die im Hintergrund wie eine Reihe Monolithen direkt aus der Ebene in die Höhe ragten, stürzten unglaubliche Massen milchigtrüben Schmelzwassers zwanzig Meter tief in den Río Paine. Keine das Wasser bändigenden Kaskaden, keine lieblichen Schleierfälle rechts oder links vom Hauptfall zu dessen Geleit, kein mäanderndes Wasser irgendwo. Lediglich ein einziger riesiger Schwall tosendes Gletscherwasser, das über die Abbruchkante hinausschoss und mit gewaltiger Energie in die Tiefe stürzte. Faber hockte sich auf einen Felsvorsprung direkt über dem ohrenbetäubend laut rauschenden Fall und beobachtete gedankenverloren das Naturschauspiel. Auf halber Strecke in die Tiefe ragte ein verkrüppelter Baum über den Abgrund. Er wurzelte tief in einer Felsspalte. Das Wasser vermochte ihn nicht zu brechen. Ganz im Gegensatz zu der Brücke, die einst an dieser Stelle die beiden Ufer miteinander verbunden hatte. Im kalten Fels neben Faber zeugten verrostete Schrauben vom vergeblichen Bemühen des technikgläubigen Menschen, die sich ständig verändernden Wassermengen beherrschen zu können. Schon das erste Hochwasser hatte das optimistische Bauwerk überflutet und mit sich in die Tiefe gerissen.

Als er zurück zum Wagen ging, meldete sich sein Handy. Er schaute auf das Display: *No Service.* Keine Sendemasten auf dem Gebiet des Nationalparks, auch davor hatte der Ranger ihn gewarnt. Auf Fabers Rückfrage, ob es nicht besser sei, einen zentralen Sendemast aufzustellen, um zum Beispiel über Waldbrände informieren zu können, hatte der Bartträger nur milde gelächelt. *No Service.* Faber war zufrieden. Bei Trauerfeierlichkeiten sollte kein Mobiltelefon stören.

Die Hostería Pehoé versöhnte Faber mit allen schlechten Quartieren, die Sandra je für ihn gebucht hatte. Das kleine Steinhaus stand nicht am Ufer des Sees, es stand eigentlich mittendrin. Auf einer grasbewachsenen Insel, die durch eine schmale, aber befahrbare Brücke mit dem Festland verbunden war. Der Mann, der Faber am anderen Ende der Brücke in Empfang nahm, stellte sich ihm als Gerardo Schaeffner vor. Er stammte von einem argentinischen Vater und einer deutschen Mutter ab und sprach ein nahezu akzentfreies Deutsch. Schaeffner war Wirt und Besitzer der Pension.

Was Faber besonders erfreute, war der Umstand,

dass er der einzige Gast im Haus war und auch der letzte Besucher in dieser Saison sein würde. Nach seiner Abreise würden noch einige Renovierungsarbeiten durchgeführt, bevor die Hostería für einen langen Winter ihre Pforten schloss.

Jeder Raum der Herberge verfügte über ein Panoramafenster mit Aussicht über den See und auf die dahinterliegende Bergkette. Faber freute sich über die weiten Blicke wie ein kleines Kind. In dem einsamen Haus fühlte man sich fast wie in der freien Natur, nur beschützter, wärmer und komfortabler.

Zwei Stunden später hielt Faber endlich den Brief seines Vaters in Händen. Schaeffner hatte ihm erlaubt, sein privates Satellitentelefon für einen Anruf nach Deutschland zu benutzen. Nur wenige Minuten später überbrachte der ihm Sandras Fax, säuberlich gefaltet in einem Briefumschlag. Bisher hatte Faber den Umschlag noch nicht geöffnet. Er brauchte noch eine Weile, wartete auf den geeigneten Moment.

Gerardo saß vor einer Kanne Tee, als Faber den Aufenthaltsraum betrat. Unaufgefordert goss der Hausherr seinem Gast eine Tasse ein und bat ihn, gegenüber an dem langen Tisch Platz zu nehmen. Gerardo war ein kleiner, etwas rundlicher Mann mit Drei-Tage-Bart, einer Halbglatze und schwarz-gelockten Haarbüscheln über den Ohren. Er hatte strahlend blaue Augen, trug eine randlose Brille und las in einer deutschen Hölderlin-Ausgabe, die er bei Fabers Eintritt umgedreht auf die Tischplatte legte.

In der Ecke ein Kaminfeuer. Schaeffner musste es

wohl erst in den letzten Minuten entfacht haben, denn bei Fabers Ankunft war es ihm nicht aufgefallen. Neben dem Geruch des Feuers hing Essensgeruch in der Luft.

Faber setzte sich an den Tisch und nippte an dem heißen Tee. Ebenso wie Gerardo schaute er über den ruhig daliegenden See und beobachtete die Sonne auf ihrem Weg zur Nordhalbkugel. Sie würde direkt vor der großen Scheibe untergehen. Beide schwiegen. Nach einer Weile ging Faber zurück auf sein Zimmer, zog sich eine Jacke an und verließ das Gebäude.

Der Schatten des blutroten Notro-Baums rechts vom Haus war deutlich länger geworden. Zwischen zwei Lengabuchen war eine Hängematte gespannt. Er setzte sich vorsichtig darauf und begann, langsam hin und her zu schaukeln. Die Sonne würde nun bald ganz hinter den Bergen verschwinden. Der See hatte seine Farbe abermals verändert. Von türkis zu azurblau. Faber sah hinauf in den Himmel. Nichts. Er lauschte. Stille. Dann zog er den Brief aus der Tasche, entfaltete ihn und las.

»Es ist sehr kalt. Wollen Sie nicht hereinkommen? Ich habe uns etwas gekocht. Sie haben doch sicher Hunger?«

Faber antwortete nicht, sah stattdessen weiter regungslos geradeaus. So regungslos, wie er nun bereits seit Längerem an derselben Stelle saß und vor sich hin starrte. Er schaukelte nicht mehr. Der See war zu einer konturlosen schwarzen Fläche verkommen. Der Mond tauchte die Cuernos in ein geheimnisvolles graues

Licht. Faber war leer. Er hielt die Lippen fest aufeinandergepresst und unterdrückte alle aufsteigenden Gefühle.

»Schlechte Nachrichten?« Gerardo legte ihm die Hand auf die Schulter. Faber ließ es geschehen. Er schüttelte den Kopf.

»Wie man's nimmt«, sagte er.

»Kann ich was für Sie tun?«

»Danke. Ich glaube nicht. Aber ich habe tatsächlich Hunger. Gehen wir hinein und essen etwas.«

In der Zeit, während der die beiden Männer vor ihren Tellern saßen, sprachen sie kaum ein Wort. Am Ende des Mahls waren sie beim höflichen Du angelangt, eher eine Normalität unter Wanderern und auf Berghütten.

Man merkte Gerardo an, wie sehr er sich freute, Deutsch sprechen zu können. Im Park habe er manchmal die Gelegenheit dazu, betonte er. Während der Wintermonate, die er in Buenos Aires verbrachte, war jedoch die Konversation häufig sehr einseitig. Dann halfen ihm nur Bücher, seine Muttersprache nicht zu vergessen. Und, das meinte er durchaus wörtlich, stürbe seine Sprache, begrübe er damit auch die letzte Erinnerung an seine Mutter. Er erzählte von ihr und vom langen Weg der Eltern zueinander. Eine Hannoveranerin und ein Gaucho aus der endlosen argentinischen Pampa. Ein Rinderzüchter, dessen zu kleiner Betrieb, kurz nachdem die Mutter mit dem Schiff eingetroffen war, aufgegeben werden musste. Vom Umzug in die Stadt, wo sich der Vater als kleiner Angestellter in einer Bank verdingte. Und von der Großstadt selbst, an deren Enge und sozialen Kälte der Vater ein Leben lang gelitten habe.

Gerardo trug offensichtlich etwas von beidem in sich, er war mit seinem Leben zufrieden, wie er sagte. Den Sommer verbrachte er in seinem geliebten Park, und während der Wintermonate versuchte er argentinischen Jugendlichen über die Tücken der deutschen Sprache hinwegzuhelfen. Gerardo war allein. Die Eltern tot, der Bruder bei einem Flugzeugabsturz über Feuerland umgekommen. Eine Freundin hatte er nicht, die letzte Liebschaft lag mehr als drei Jahre zurück.

»Fühlst du dich nicht manchmal einsam?«, wollte Faber wissen.

»Nicht in der Natur. In der Stadt manchmal, aber dann huldige ich meiner zweiten Liebe, der Musik.« Gerardo spielte Kirchenorgel und liebte die Fugen von Johann Sebastian Bach. »Und an Tagen, an denen ich mit dem Leben hadere, verziehe ich mich in eines der Museen der Stadt. Die Kunst wärmt mich«, sagte er.

Allerdings hatte Gerardo gerade einen Verlust verkraften müssen, bei dem kein Museum zur Linderung des Schmerzes in der Nähe gewesen war, wie er mit trauriger Stimme erzählte. Zu Anfang der Saison war ihm sein Hund an Altersschwäche gestorben. Eine Promenadenmischung, den er als Welpe aufgenommen hatte, ein treuer Freund, der manchmal für Tage im Park verschwunden war, aber stets wieder aufgetaucht sei.

Faber überlegte kurz, dann erzählte er ihm die Geschichte des angeschossenen Hundes. Wie er ihn gefunden, nach Cerro Castillo transportiert und dort zurückgelassen hatte. Und er sprach über sein schlechtes Gewissen bei dieser Sache.

Gerardo lachte, nachdem Faber zum Ende gekommen war.

»Die Leute hier draußen sind harte Menschen. Die Männer ebenso wie die Frauen. Das macht die raue, unwirtliche Umgebung. Du hast übrigens Glück. So schön wie im Augenblick ist das Wetter höchst selten. Glaube mir, an manchen Tagen, da wünschst du den ständigen Wind zum Teufel. Und wenn dann noch Frost dazukommt, tagelanger Regen, Sturm, Graupelschauer, Gewitter, oder wenn es kleine Eisgeschosse vom Himmel herunterprügelt, dann habe selbst ich Momente, an denen ich am liebsten auf der Stelle meine Koffer packen und abhauen würde.« Er strich sich durch die Haare. »Was ich noch sagen wollte: Einen Hund lässt man nicht auf der Straße sterben, niemals. Einen Hund nicht und auch kein anderes Geschöpf. Das war schon völlig richtig, dass du ihn mitgenommen hast. Wahrscheinlich weiß Trudy sogar, wer das Tier angeschossen hat. In jedem Fall bekommt sie es heraus. Sie wird das schon regeln. Kein Grund, ein schlechtes Gewissen zu haben.«

»Du kennst Trudy?«

»Jeder hier kennt Trudy Shannon. Sie ist die Frau mit den magischen Händen. Trudy heilt jeden.«

»Du meinst, sie behandelt auch Menschen.«

»Alles. Menschen, Pferde, Schafe, alles. Trudy ist ein feiner Kerl. Sie überlässt kein Geschöpf Gottes seinem

Schicksal. Wenn es in ihrer Macht liegt zu helfen, dann tut sie das auch.«

»Mich hat sie aber ganz schön zurechtgewiesen. Eigentlich hätte sie sich denken müssen, dass ich das Tier nicht mitnehmen kann.«

»Vielleicht, ja. Vielleicht auch nicht. Bei ihr weiß man das nie so genau. Sie ist una doña loca. Kommt vom langen Alleinsein. Ihr Mann ist auf den Falklands geblieben.«

»Militär?«

Gerardo nickte. »Ja. Britische Marine. Spezialeinheit. Nach seinem Tod ist Trudy hier aufgetaucht. Das, was du in Cerro Castillo gesehen hast, hat sie alles alleine aufgebaut. Ohne jede Hilfe. Die einzig funktionierende Schaffarm weit und breit. Was hast du Trudy eigentlich gesagt, weshalb du den Hund nicht mitnehmen kannst?«

»Eine Beerdigung?«, fragte der Argentinier ernst, nachdem Faber seine Erklärung unterbrochen hatte, »damit macht man keine Scherze.«

»Das war kein Scherz.«

»Wen willst du beerdigen? Hier unten.«

»Meine Schwester.«

Gerardo rückte von Faber ab. Es war ihm deutlich anzumerken, dass er Faber kein Wort glaubte. Faber blieb seine Veränderung nicht verborgen. Doch er fühlte sich wohl in diesem Haus und bei diesem warmherzigen Mann.

»Es ist wahr«, begann er und berichtete Gerardo von den Ereignissen der letzten Tage und Wochen.

»Aber warum fährst du dann nicht zurück nach Santiago? Was willst du noch hier? Du solltest bei ihrer Familie sein.«

Faber zuckte die Achseln. Er war weiter gegangen, als er je vorgehabt hatte, viel weiter. Der Rest war seine Sache allein. Deshalb antwortete er mit einer Gegenfrage: »Warst du immer einer Meinung mit deinem Bruder?«

»Ja, meistens schon.« Gerardo nickte nachdenklich mit dem Kopf. Offensichtlich hatte er keine Probleme, wildfremde Menschen an seinen innersten Gefühlen teilhaben zu lassen. Er begann, Faber von sich und seinem Bruder zu erzählen. Von gemeinsamen Erlebnissen sprach er, auch von Krächen, besonders nachdem er sich entschieden hatte, sein gespartes Geld in die Hostería Pehoé zu stecken. Er antwortete ausführlich und, wie es schien, ehrlich. Faber war beschämt. Und dann fing Gerardo auch noch an zu weinen.

»Ich hatte kein gutes Verhältnis zu meiner Schwester«, hörte er sich plötzlich selbst sagen. »Wir haben uns Jahrzehnte nicht gesehen. Ich hatte mein Leben, und sie das ihre. Es gab zwischen uns keine Berührungspunkte.«

»Aber die Familie …«, warf Gerardo ein. Er hatte die Brille abgenommen und trocknete sich mit einem blütenweißen, gebügelten Taschentuch die Augen.

»Mein Vater ist seit über vierzig Jahren tot … und meine Mutter … ist ebenfalls verstorben. Da verlieren sich Geschwister schon einmal aus den Augen. Und Chile ist weit weg.«

»Aber dann habt ihr euch doch zumindest einmal getroffen. Bei der Beerdigung eurer Mutter.«

»Ich war in Vietnam – glaube ich. Nein, warte, ich war in Korea. Nordkorea. Ich hatte keine Ahnung …«

Gerardo sah Faber fassungslos an. »Keine Ahnung«, stammelte er. Er hob die Schultern, als sei ihm kalt. »Madre de Dios!« Er bekreuzigte sich.

Faber geriet aus der Fassung. Gerardo Schaeffner war schließlich nicht Dr. Gertrude Teitelbaum, er war kein Therapeut und Faber nicht sein Patient. »Meine Mutter …«, stammelte er, weil er eigentlich nichts mehr sagen wollte und erst recht nicht wusste, was er jetzt noch hätte sagen können. »… meine Schwester hat … es geht doch gar nicht um sie. Es geht um meinen Vater. Das verstehst du nicht. Ach, verdammt, was mache ich hier eigentlich?«

Ruckartig stand er auf und rannte aus dem Zimmer.

»Madre de Dios!«, hörte er den Argentinier erneut ausrufen. Aus den Augenwinkeln sah er noch, wie er sich abermals bekreuzigte.

Mitten in der Nacht schlich Faber sich wieder hinunter. Gerardo saß noch immer am Tisch und stierte in die schwarze Nacht vor den großen Scheiben.

»Ich wollte mich entschuldigen«, sagte Faber, nachdem Gerardo sich zu ihm umgedreht hatte. Er sah ihm fest in die Augen, als könne das die Kraft seiner Entschuldigung noch verstärken. »Bitte lass uns die Geschichte einfach vergessen. Es tut mir leid, okay?«

Gerardo nickte. Er erhob sich und gab Faber die Hand.

»Klar«, sagte er mit seiner leisen, weichen Stimme. »Entschuldige, wenn ich dir zu nahe getreten bin. Das macht wahrscheinlich die Einsamkeit. Ich habe kein Recht …« Er sah zu ihm herüber und strahlte ihn an. »Hättest du etwas dagegen, wenn ich mich um deinen Hund kümmere?«

Die Frage traf Faber unerwartet. Jetzt war er es, der mit den Tränen kämpfte. Ein leises »Dankeschön« war alles, was er mit niedergeschlagenen Augen zwischen den Lippen herauspressen konnte, dann musste er den Raum schnell wieder verlassen.

VIII.

Faber schlug die Augen auf. Seine Mundhöhle war ausgetrocknet, der Hals schmerzte. Unter der Bettdecke herrschte ein subtropisches Klima. Er war nass geschwitzt. Schlaftrunken erhob er sich, taumelte ins Bad und stellte sich unter die Dusche. Das Wasser kühlte ihn, spülte den Schweiß von der Haut, dämpfte fürs Erste seine Ängste.

Die Gespräche vom Vorabend gingen ihm durch den Kopf. Er hatte vom ersten Besuch bei seiner Schwester in Chile geträumt. Zerstrittene Geschwister sehen sich nach Jahren wieder. Die große Nervosität, die er den ganzen Besuch über nicht wirklich hatte ablegen können. Sein rasender Puls und eine Atmung, die sich nur schwer kontrollieren ließ. Ausatmen war ihm schwergefallen.

Angst. Seit den New Yorker Sitzungen wusste er, dass es Angst war, die solche Reaktionen hervorrufen konnte. Und Schlimmeres. Damals hatte er vermutet, er werde krank und nicht zugelassen, sein Befinden mit dem Besuch bei Inka zu erklären.

Die ersten Stunden des Treffens hatten sie damit verbracht, ihre Lebensgeschichten auszutauschen. Faber eher kurz angebunden. Fotograf sei er. Früher habe er sich in Krisengebieten herumgetrieben, heute würde er nurmehr Jobs annehmen, die ihn tatsächlich interessierten. Für eine dauerhafte Bindung fehle ihm die Zeit. Dann forderte er seine Schwester auf, ihm zu erklären, warum sie derart auf seinen Besuch gedrängt habe.

Ruhig und sehr sachlich erzählte Inka ihm von ihrer Krankheit. Nichts an ihrem Wesen erinnerte Faber an die junge, aufbrausende Frau. Mitten in der Erzählung brach sie ab, sah ihn mit diesem durchdringenden Blick an und wechselte ohne Vorankündigung das Thema.

»Damit du dir meine Krankengeschichte anhörst, habe ich dich nicht gebeten um die halbe Welt zu reisen«, presste sie heraus. »Der Krebs frisst mich auf, daran ist nun nichts mehr zu ändern. Bald bist du der Letzte aus unserer kaputten Familie, und du wirst mit niemandem mehr über unsere Geschichte sprechen können. Lassen wir also das Geplänkel. Und um eine normale liebevolle Bruder-Schwester-Beziehung auf die Beine zu stellen, ist es ohnehin zu spät. Das siehst du sicher ähnlich?« Faber schwieg. »Das soll kein Vorwurf sein. Und wenn, dann träfe er mich mehr als dich. Schließlich bin ich die Ältere von uns beiden und damals warst du noch so klein und ich so …« Sie schüttelte kurz den Kopf. »Ich habe dich gerufen, um mich bei dir zu entschuldigen. Weil ich dich allein gelassen habe. Obwohl ich wusste, dass du mich brauchen würdest. Du warst so ängstlich damals, so unendlich traurig. Ich schäme mich so sehr.«

»Schnee von gestern«, hatte Faber geantwortet und

gehofft, damit wäre der Rückblick in die Vergangenheit beendet. Er fühlte sich unwohl, wusste nicht, was das alles bedeuten sollte, was Inka ihm eigentlich sagen wollte.

»Schnee von gestern? Ja, irgendwie schon. Aber sag mal, warum hast du eigentlich deinen Namen geändert? Und wieso Faber? Hat das was mit diesem Roman zu tun?«

»Das ist deine Frage?«

»Ja. Warum? Mutter hat ihn bis zuletzt getragen. Obwohl ich glaube, dass sie alles wusste. Am Ende hat sie nicht mehr gezweifelt, obwohl …«

»Ich habe mir einen Künstlernamen zugelegt. Das hat nichts zu bedeuten und auch nichts mit dem Buch zu tun. Ich habe es erst Jahre später gelesen. Faber war schon in Jugendtagen mein Spitzname. Hier, das ist der Grund.« Er zog den Bleistift aus der Tasche und hielt ihn seiner Schwester hin. Inka schaute ihn irritiert an. »Hinter der Anonymität eines fremden Namens kann man sich gut verstecken. Vielleicht wollte ich auch einfach kein Grieche mehr sein?«

»Vielleicht wolltest du nichts mehr mit unserem Vater zu tun haben, so wie ich damals. Vielleicht hattest du genug von der Lüge? Von dem unsinnigen Festhalten an dieser miesen Geschichte.«

»Welche miese Geschichte?«

Sie sah ihn lange an. Faber zitterte innerlich. Plötzlich war er wieder der kleine Bruder, abhängig von den Launen seiner größeren Schwester.

»Du glaubst immer noch daran«, flüsterte Inka und schlug erschrocken die Hand vor den Mund.

»An was soll ich denn glauben? Du bist immer noch wie früher. Du sprichst immer noch in Rätseln.«

»Dass es für dich früher wie Rätsel geklungen haben mag, das kann ich nachvollziehen. Eigentlich hatte ich das sogar gehofft. Ich wollte dich da nicht mit hineinziehen. Es ging nur Vater, Mutter und mich etwas an. Aber heute, Trini, heute? Du bist fast fünfzig Jahre alt und redest dir immer noch ein, Vater sei tot? Immer noch glaubst du an diese alberne Geschichte? Ich dachte, nur Mutter habe sich daran geklammert. Weil es alles war, was sie noch zu haben glaubte, weil ihr mit der Lügengeschichte auch der Sinn ihres Lebens abhandengekommen wäre. Sie wollte niemals darüber sprechen. Ich habe es oft versucht, wirklich oft. Auch später noch, während du dich längst irgendwo in der Weltgeschichte herumgetrieben hast. In Briefen, bei Telefonaten. Immer hat sie mir versichert, alles zur Aufklärung beizutragen, wenn es mir nur endlich besser ginge. Mir geschworen, von allem nichts geahnt, und die Lüge nur zu deinem Wohl erfunden zu haben. Weißt du überhaupt, wie sehr sie ihre Umwelt tyrannisiert hat, damit alle bei diesem Theaterstück mitspielten? Obwohl, am Anfang wusste sie es natürlich selbst nicht. Schrecklich!

Aber du, Trini, du musst es doch längst wissen. Er ist abgehauen. Konstantin Karamanolis ist nicht tot. Damals nicht und wahrscheinlich heute auch noch nicht. Er lebt irgendwo da draußen. Leider weiß ich nicht wo, denn wenn ich es je herausgefunden hätte, hätte er sich dafür verantworten müssen.«

»Was soll das alles? Ich verstehe rein gar nichts.« Faber lehnte sich vor und presste den Kopf zwischen die Hände. Diese verdammten Flashbacks.

»Er ist weg, weil ich ihm gedroht habe. Weil er sich mehrmals an mir vergangen hat. Und weil er es immer wieder wollte. Er hat mir gedroht, wenn ich irgendjemandem etwas von *unserem kleinen Geheimnis* erzähle, würde er Mutter und dich umbringen. Deshalb habe ich so lange geschwiegen. Aber dann, eines Tages, Trini, eines Nachts, als er sich wieder einmal zu mir legen wollte, habe ich ein Küchenmesser genommen und es ihm an die Kehle gehalten. Ich schwöre, ich hätte es getan. Er muss es in meinen Augen gelesen haben. Am nächsten Morgen war er verschwunden.« Faber konnte seine Schwester nicht länger ansehen. »Er ist noch in der Nacht abgehauen. Angeblich auf Montage. Ein plötzlicher Einsatz. Notfall. Zwei Tage wollte er wegbleiben, das hat er zumindest Mutter gesagt. Aber er blieb verschwunden. Als Mutter nichts von ihm hörte, und auch in seiner Firma niemand etwas von einem Notfall wusste, ist sie schließlich zur Polizei gegangen und hat ihn als vermisst gemeldet. Kurze Zeit später hat sie angefangen, davon zu sprechen, dass er tot sei. Was in der Zwischenzeit geschehen ist, kann ich nur vermuten. Ich bin sicher, sie hat sich heimlich nach ihm erkundigt, hat Freunde befragt und in seinem Privatleben herumgeschnüffelt. Und wahrscheinlich hat sie dabei Dinge herausgefunden, die sie tief getroffen haben. Aber sie hat immer geschwiegen, alles schön unter den Teppich gekehrt. Jedenfalls hat sie ab da jedem erzählt, ihr Mann sei verstorben, so als sei es ein Fakt. Dabei wusste sie, dass es eine Lüge war.«

»Woher willst du wissen, dass es eine Lüge war?«

»Weil ich es ihr gesagt habe. Weil ich ihr erzählt habe, was ihr blitzsauberer Ehemann mir angetan hat. Und danach war nichts mehr wie vorher.« Inka hatte Tränen in den Augen, sie weinte lautlos. »In den letzten Jahren habe ich alles unternommen, um ihn aufzuspüren. Ich will keine Rache, nein, das ist es nicht. Aber ich würde ihn gerne ansehen, in seine Augen sehen. Wie würde er reagieren, wenn ich ihm als erwachsene Frau gegenüberstünde? Ich würde ihn zwingen, mit mir über damals zu sprechen. Vielleicht würde ich verzeihen können, ich würde es so gerne wollen. Endlich Ruhe finden, abschließen mit dieser Eltern-Kind-Geschichte. Aber uns ist das nicht vergönnt, Trini. Mir nicht. Dir nicht. Und Mutter …«

Das weitere Gespräch war stockend verlaufen. Faber hatte nicht gewusst, wie er reagieren sollte. Die Wucht der Geschichte erdrückte ihn. Seine Schwester tat ihm leid. Er tat sich selbst leid. Und er glaubte ihr nicht. Aus seiner Sicht war alles ganz anders gewesen.

Sein Vater war gestorben und von diesem Moment an herrschte ein unerbittlicher Krieg zwischen den beiden Frauen im Haus. Er war damals viel zu jung gewesen, um Verständnis für die Situation zu entwickeln, er verstand nichts von dem, was vorgefallen war. Natürlich hatten die beiden versucht, ihre Auseinandersetzungen so gut es eben ging vor ihm zu verbergen. Häufig hatte er sich vorgenommen, sie darauf anzusprechen, einmal hatte er es sogar gewagt, aber nie mehr als eine ausweichende Antwort erhalten.

Faber erinnerte sich an einen besonderen Augenblick. Als seine Schwester ihm mitteilte, sie ginge jetzt weg, für immer, und dass sie ihn mitnehmen wolle. »Retten«, hatte sie damals gesagt. Retten. Aber wovor denn? In dieser Nacht hatte er beschlossen, lieber nicht gerettet zu werden und sich versteckt. Nachdem sie ihn in seinem Versteck im Gartenhäuschen gefunden hatte, tobte seine Schwester wie eine Furie. Dafür hatte er sie gehasst.

Nachdem sie für immer weggegangen war, hatte seine Mutter ihm ins Ohr geflüstert: »Jetzt haben wir nur noch uns«, und er hatte ihr aus tiefstem Herzen zugestimmt. Doch wohl war ihm danach nie mehr gewesen. All die Jahre nicht mehr, bis er endlich von zu Hause fortgehen konnte. Damals hatte er das Kapitel Familie für sich abgeschlossen.

Inka hatte innegehalten und sich die Tränen getrocknet. Bohrend hatte sie ihn angesehen.

»Meine Zeit ist um«, hatte sie gesagt. »Die ganzen Jahre über wollte ich mit dir über diese eine Sache sprechen, die mein ganzes Leben beeinflusst hat und wahrscheinlich auch deins. Deshalb habe ich dich gebeten zu kommen.«

Sie sei es ihm schuldig, sie müsse ihn schützen. Sie habe, fuhr sie fort, eine fast zehnjährige Therapie hinter sich. Während dieser Zeit ihres Lebens sei es ihr sehr schlecht gegangen.

»Zuerst dachten wir, es läge an der Geburt meiner Tochter«, sagte sie, »aber als es nicht besser wurde und ich immer mehr abnahm, haben wir uns zu einer Psychotherapie entschlossen. Mein Mann war sehr verständnisvoll, im Gegensatz zu seinen Brüdern und meinem Schwiegervater. Wenn Riella nicht gewesen wäre … Trini, ich habe erfahren, dass Menschen, die sich an Kindern vergreifen, nur äußerst selten eine geschlechtliche Vorliebe haben.«

Das war der Moment gewesen, in dem Faber aufgesprungen war und die Flucht ergriffen hatte.

Inka hatte ihren Vater ein halbes Leben lang gesucht. Jetzt war sie tot. Ihre Fragen hatte sie mit ins Grab genommen. Nun lag es an Faber, endlich Antworten zu finden.

IX.

Im Morgengrauen packte Faber seinen Rucksack. So leise wie möglich stieg er durch das dunkle Treppenhaus hinunter in den Flur. Er wollte Gerardo nicht aufwecken. Im Lichtkegel seiner Taschenlampe fand er eine Papiertüte. Sie stand gut sichtbar auf einem kleinen Metalltisch direkt neben der Eingangstür. Ein Brief war daran befestigt.

»Ich wünsche dir eine schöne Tour und viel Glück bei deinem Vorhaben. Die letzten Vorhersagen gehen allerdings von einem Wetterumschwung aus. Sei also bitte vorsichtig und gehe kein Risiko ein. Kehre rechtzeitig um, bevor das Wetter tatsächlich umschlägt. Die Tour kann dann sehr hässlich werden, lang und beschwerlich ist sie ohnehin. Gerardo.« Und dann noch ein Postscriptum. »Dass dein Handy im Park nicht funktioniert, weißt du ja, oder?«

Faber warf einen Blick in die Tüte. Ein halber Kanten Brot und ein schönes Stück fetter Schinken. Etwas Obst. Er riss das Papier ab und schrieb »Danke« auf die Rückseite. Dann machte er sich auf den Weg.

Den ersten Streckenabschnitt fuhr er in völliger Dunkelheit. Kurz bevor er die Guardería Laguna Amarga erreichte, dämmerte es über der östlichen

Bergkette. An der Schutzhütte bog er nach links ab, überquerte kurz darauf den Río Paine auf einer ungesicherten Plankenkonstruktion und folgte dem Weg bis zu seinem Ende an der geschlossenen Hostería Las Torres. Neben einem Subaru Geländewagen hielt er an und stieg aus.

Gegenüber der Herberge lag ein kleiner milchigblauer See, inmitten einer weiten Graslandschaft. Flamingos standen in der aufgehenden Sonne. Faber schloss seine Jacke, es war empfindlich kalt.

Er verstaute die Fotografien von Inka und die Tüte mit dem Proviant in seinem Rucksack und steckte die D-Lux4 in seine Hosentasche.

Er fühlte sich gut. Heute war Freitag, und wenn alles nach Plan lief, dann würde er zeitgleich mit der offiziellen Trauerfeierlichkeit in Santiago mit seiner eigenen Zeremonie beginnen können. Das war sein Plan. Er sah noch einmal zum Himmel auf und in die Richtung, aus der der Wind auffrischte. Noch beschmutzte keine einzige Wolke das reine Blau des frühen Morgens.

Faber setzte sich in Bewegung. Schon bald verließ er die Ebene und erreichte einen Pfad, der in langen Kehren auf eine steile Wand zulief. Er hatte nicht geahnt, dass die tausend zu überwindenden Höhenmeter gleich zu Beginn auf ihn warten würden. Sorgen bereitete ihm das nicht. An lange Märsche war er ebenso gewöhnt wie daran, sich seine Kräfte durch ein gleichmäßiges Schritttempo einzuteilen.

Als die Kehren schneller aufeinanderfolgten und der Weg steiler wurde, zog er seinen Pullover aus, verstaute ihn im Rucksack und schulterte diesen jetzt richtig, da er ihn den ersten Kilometer lediglich über einer Schulter getragen hatte. Das war mehr als eine Marotte von ihm. Er hasste es, wenn unter dem eng anliegenden Rucksack Rücken und Bekleidung feucht wurden. Bei dem schlüpfrigen, engen Pfad, der jetzt vor ihm lag, erschien es ihm aber sinnvoll, beide Hände jederzeit frei zu haben.

Nach anderthalb Stunden wusste Faber, dass er sich geirrt hatte. Er stand auf dem Bergrücken, sah auf der einen Seite hinab zu seinem Wagen und überblickte auf der anderen Seite seine nächste Wegstrecke. Weit unten, in einem pittoresken Tal, das ihn an eine liebliche Voralpenlandschaft denken ließ, folgte der Pfad dem Verlauf des Río Ascencio. Die hinter ihm liegenden Höhenmeter waren nur der Aufgalopp für das gewesen, was nun unweigerlich folgte. Faber lächelte und trank einen langen Schluck aus seiner Wasserflasche. Weiter!

Nach dem Gespräch mit seiner Schwester in Chile war er damals direkt nach New York geflüchtet, eine Stadt, die er liebte, deren Anonymität ihn sich frei fühlen, ihn Luft holen ließ. Ohne nachzudenken stürmte er im Aeropuerto Internacional Comodoro Arturo Merino Benítez zur Anzeigetafel, fand heraus, wann der nächste Flieger nach JFK ging und checkte schließlich am Schalter von Lan Chile ein. Weder hatte er Sandra über die Änderung informiert, noch irgendeine Erwartung, was genau er in Big Apple anstellen wollte, wenn er erst einmal dort angekommen war. Er folgte lediglich seinem Instinkt.

Und dann Dr. Teitelbaum. Sie war alles, was Faber an jenem Punkt seines Lebens gebraucht hatte. Ein Mensch, der dem Gewimmel der Millionenstadt entstieg und nach getaner Arbeit dorthin zurückkehren würde.

Gesprächstherapie! Faber war so ungeübt gewesen und hatte zunächst überhaupt nicht darauf angesprochen. Sie hatten sich gestritten. Tags darauf hatte sie ihn in einen Wachtraum versetzt und gebeten, seine Aufmerksamkeit ganz nach innen zu richten. Arbeiten mit den eigenen Bildern nannte sie das, was dann folgte. Eine Form der körperorientierten Therapie, die Faber eher lag.

Seit den New Yorker Sitzungen hatte er sich verändert. Es gelang ihm immer weniger, sich auf seine eigentliche Arbeit zu konzentrieren. Immer wieder schossen ihm die Tränen in die Augen; er litt unter Schweißausbrüchen und Angstzuständen. Obwohl er alles versuchte, um diesem Zustand zu entkommen, wusste er, dass er den einmal eingeschlagenen Weg bis an sein Ende gehen musste. Womit er allerdings nicht gerechnet hatte, war die plötzliche Wendung, die alles mit dem Eintreffen des Briefs genommen hatte. Jetzt hatte er die Gewissheit, dass sein Vater lebte. Und dass er die Gelegenheit haben würde, ihm zu begegnen. Alles, was Inka gesagt hatte, hatte sich also bestätigt. Alles? Am entscheidenden Punkt war er sich nach wie vor sehr unsicher.

In dem sattgrünen Tal aß Faber einen Apfel. Um ihn herum wuchsen Wildblumen in den schönsten Farben. Den Hang zu seiner Linken überzogen Zypressen. Zwischendrin standen prächtige Olivillos. Direkt daneben abgestorbene, graue Stämme. Bäume, die einer Wurmplage zum Opfer gefallen waren. Der flache Bach sprang mit einem lieblichen Gurgeln über Steinquader hinweg.

Faber füllte seine Wasserflasche aus einem Quellfluss, der den Berghang hinuntergestürzt kam, den Pfad überspülte und nur wenige Meter unterhalb in den Río Ascencio mündete. Das Wasser schmeckte angenehm nach frischem Moos. Er tauchte die Hände in ein natürliches Becken, wusch sich das Gesicht und fuhr sich mehrmals mit den nassen Fingern durchs Haar.

Für die nächste Stunde folgte der Weg dem Flusslauf. Zumeist verlief er flach, zwischendrin gab es aber immer wieder kurze, heftige Anstiege, gefolgt von ebenso steilen Abstiegen. Ein tatsächlicher Höhengewinn war auf diesem Teil der Strecke nicht zu erzielen.

Gegen halb zwölf erreichte Faber den Fuß eines Geröllfelds. Hier endete der Weg. Unsicher, ob er sich vielleicht verlaufen hatte, ließ er seinen Blick über die Steinmassen schweifen. In einigem Abstand waren links und rechts einer gedachten Mitte rote Punkte auf die größeren Felsblöcke gemalt und wiesen dem Wanderer den Weg durch das Steinlabyrinth. Der Aufstieg erfolgte über dieses Geröllfeld. Einen echten Weg gab es nicht mehr und auch der Endpunkt der Besteigung war von hier unten aus nicht auszumachen. Faber füllte nochmals seine Wasserflasche und machte sich an den Aufstieg.

Nach einer weiteren Stunde musste er sich zu einer kurzen Verschnaufpause zwingen. Seine Lungen pumpten nach Luft. Er war nass geschwitzt und die Muskulatur in seinen Beinen längst übersäuert. Erst nachdem der Schweiß einigermaßen getrocknet war, bemerkte er den kalten Wind. Wolken flogen jetzt über das Blau des Himmels. Noch kein Grund zur Panik. Außerdem konnte es nicht mehr allzu weit sein. Er war bereits mehr als vier Stunden unterwegs und Inka im weit entfernten Santiago wohl schon unter der Erde. Drei bis vier Stunden für eine Strecke, das war die Zeit, die Gerardo am Vorabend für die Tour veranschlagt hatte. Faber sah auf die Uhr, er musste weiter. Jetzt schon den Pullover überzuziehen, erschien ihm unsinnig, er würde dort oben ein wärmendes Kleidungsstück brauchen. Aber die Mütze zog er auf, die nassen Haare klebten ihm am Kopf.

Auf Händen und Füßen und am Ende seiner Kräfte erreichte er schließlich den Mirador Las Torres. Der Weg endete in einem Amphitheater aus Granit, Schnee und Eis. Gegenüber wuchsen die drei Türme in den Himmel. Wie Schneidezähne von Riesen sahen sie aus. Weiter östlich die zentrale Formation des Parks, die Cuernos del Paine, dahinter lag, vom Mirador aus nicht zu sehen, der Paine Grande, mit dreitausend Metern der höchste Gipfel des Nationalparks.

Faber hievte sich auf einen kalten Felsblock und versuchte die Beine auszuschütteln. Mit Heißhunger machte er sich über Gerardos Proviant her. Bis auf eine Banane aß er alles auf und freute sich besonders über den Schokoriegel, den er auf dem Grund der Tüte fand. Der Deutsch-Argentinier wusste, womit man müden Wanderern eine Freude bereiten konnte. Mit dem Schwierigkeitsgrad der Tour hatte er allerdings deutlich untertrieben, oder Faber hatte nicht richtig zugehört.

Allmählich kehrten seine Kräfte zurück. Er sah hinüber zu den Türmen. Unfassbar, dass ein US-Kletterer alle drei Berge hintereinander in nur achtundvierzig Stunden erklommen haben sollte. Solo und ohne Pausen. Sie schienen wirklich senkrecht direkt in den Himmel zu führen und sie waren wunderschön.

Faber blinzelte. Er nahm die Leica zur Hand und sah durch den Sucher. Aber ohne ein starkes Teleobjektiv würde er keinen genaueren Blick haben. Der Punkt, den er beobachtete, war wenig größer als ein Stecknadelkopf, und doch glaubte er dort drüben einen Kletterer entdeckt zu haben. Ob es ein einzelner Freeclimber oder eine Seilschaft war, konnte er aus dieser Entfernung unmöglich erkennen.

Es wurde Zeit, einen geeigneten Platz für sein Vorhaben zu suchen und sich dann zügig auf den Heimweg zu machen. Inzwischen war am Himmel keine blaue Stelle mehr zu finden und die Farbe der Wolken hatte sich während des Steigens über die Steinquader von verspieltem Weiß über ein ernstes Grau in grimmiges Anthrazit gewandelt. Jetzt drohten sie offen mit einem schroffen und abweisenden Nachtschwarz. Dazu zerrte der Wind an Fabers Kleidung, in Böen erreichte er Orkanstärke. Nochmals versuchte er den Alpinisten in der Wand ausfindig zu machen, fand im Grau des Steins aber nicht einmal mehr den Stecknadelkopf.

Hoffentlich befand der Mann sich auf dem Abstieg. Er schätzte die Entfernung bis zum Fuß der Wand auf etwas über einen Kilometer Luftlinie. Wollte er dorthin gelangen, müsste er das komplette Tal entlanglaufen und auf der anderen Seite durch das Schneefeld aufsteigen. Es sah nah aus, würde aber wenigstens zwei bis drei weitere Stunden in Anspruch nehmen. Für ihn war das unmöglich, was auch immer mit dem Alpinisten im drohenden Unwetter geschehen mochte. Er war für eine Rettungsaktion zu weit entfernt und auch nicht ausgerüstet.

Faber wandte sich nach links und stieg weitere hundert Meter den Hang hinauf. Hinter einer weithin sichtbaren Gesteinsformation ging er in die Hocke und untersuchte den Boden. Eine gute Stelle. In Gedanken sah er die Mapuche-Indianer vor sich, wie sie ihre Toten bestatteten, wie sie es in dieser Einöde immer getan hatten.

Faber fand einen geriffelten Stein, den er als Faustkeil benutzen konnte, und begann damit, das Erdreich aufzulockern. Die Arbeit war schwer. Der Boden hart und voller kleiner, festsitzender Steine. Die Hand schmerzte zunächst nur. Dann zerschnitten die scharfen Kanten des Steins ihm Schlag für Schlag die Handfläche. Blut tropfte auf die schwarze Erde. Faber gab nicht auf. Er summte ein Lied. Oder den Refrain eines Liedes. Jedenfalls ein Stück Musik, das er noch niemals zuvor gesungen hatte. Es gehörte nicht zu ihm und doch war ihm, als sei die Melodie schon immer an diesem Ort gewesen. Er benutzte die Musik, um den Schlägen in das nun weicher werdende Erdreich einen Rhythmus zu geben. Die Berge, die raue Natur, die Blitze, alles trat weit in den Hintergrund. Er spürte den einsetzenden Regen nicht. Seine Hand, obwohl stärker blutend, verursachte ihm keinen Schmerz mehr.

Vor ihm hockt Inka auf dem kalten Stein. Aus ihren fast schwarzen Augen beobachtet sie seine Anstrengung. Inka, seine ältere Schwester. Inka, die Starke, Inka, die Unbeugsame. So schön, so jung, so unschuldig. Faber spürt eine Liebe, die er Zeit ihres Lebens nicht für sie empfunden hat. Sie lächelt zu ihm herüber, spricht zu ihm. Zu leise, als dass er sie verstehen kann. Er sieht sie unverwandt an, während er weiter mit dem Stein die Erde bearbeitet.

Er summt. Sie spricht zu ihm. Der Boden öffnet sich Schlag für Schlag. Weit genug um sie aufzunehmen. Der Regen prasselt jetzt immer stärker. Die Fotografien von Inka in ein Stück Stoff gewickelt. Summt. Drückt sie an seine Stirn. Feierlich hinab in das dunkle Erdloch. Dazu sein Blut. Kleine Holzlatten aus Trudys Garage fein säuberlich darübergelegt. Nasse Erde auf das sichere Grab. Vorsichtig mit dem Fuß festgetreten. Neue Erde. Wieder der harte Stiefel des Bruders, der das Grab der Schwester für immer und vor allen verschließt. Sicher jetzt. Für immer. Auf die Knie und mit den Händen alle Spuren verwischt.

Mehr Regen. Wasser mischt sich mit Fabers Blut. Die Hand umklammert noch immer den Stein. Faber steht, stemmt sich gegen die enthemmte Natur. Steht breitbeinig. Steht sicher. Hebt den Kopf. Das Summen bricht ab. Sein Klageruf trifft die Wolken. Bricht tausendfach. Er breitet die Arme aus. Bietet sich an. Über ihm der Adler. Die Stimme bricht. Ein lang anhaltender heiserer Ton. Er summt. Sinkt auf die Knie, weint, summt wieder. Die immer gleiche Melodie. Schweigt.

FABER IM PARADIES

Protokoll 13.06.
17:54 Uhr

- Ich liege in meiner Höhle. Mit einem Buch und meiner Taschenlampe. Es ist schön warm und gemütlich … Ich fürchte mich. Vor dem Mondmann. Wenn der Mondmann kommt, ist alles vorbei. Ich habe Angst, dass er kommt und alles zerstört.

- Er bestraft mich … Ich bin jetzt nicht mehr im Bett. Ich hocke davor … Ich schäme mich …

- Ich kann nicht … Ein kleiner Läufer ist da, aus rauem Stoff. Beige mit schwarzen Einsprengseln und Fransen an den Rändern … Da liegt was drauf …

- Nein, es ist von mir. Ich habe es getan. Weiß auch nicht warum. Ich hatte Angst, zur Toilette zu gehen. Es ist so dunkel draußen im

Flur … Ich weiß nicht, was ich jetzt machen soll …

- Keiner da, der mir helfen könnte. Ich bin ganz allein. Wenn jetzt … Ich schiebe den Teppich einfach unter das Bett und decke mich dann schnell wieder zu … Wenn jetzt der Mondmann kommt, ist es aus. Dann schlägt er mich wahrscheinlich … Oder er ist enttäuscht von mir. Aber er soll mich doch lieb haben.

- Nein, ich bin nicht mehr im Zimmer … Ich laufe durch die Gegend. Häuser … Autos, Bäume. Ich laufe durch die Stadt. Keine Menschenseele zu sehen. Aber die Dunkelheit macht mir Angst. Es regnet. Nicht doll. Leichter Regen. Eigentlich ganz angenehm. Aber ich werde nass … Ich laufe noch schneller. Bin ganz außer Puste … Ich summe ein Lied. Beim Laufen. Ich renne, aber ich bin ganz ruhig und summe das Lied.

- Keine Ahnung. Ich habe die Melodie noch nie gehört … Ich laufe immer noch. Aber irgendwie komme ich nicht von der Stelle … Es sind immer dieselben Häuser, dieselbe Gegend, alles gleich. Ich renne, aber ich komme nicht mehr vom Fleck. Ich schwitze und es regnet noch immer. Aber jetzt sehr stark. Hagelkörner. Ich muss hier weg …

- Ich will nirgends reingehen. Aber hier draußen will ich auch nicht bleiben … Ich bin nicht mehr auf der Straße.

- Sieht aus wie ein Tunnel. Da wo ich bin, ist Licht. Dahinter nicht. Es ist so eine Art Gewölbe. Nicht aus Beton. Gemauert. Sieht schon ziemlich alt aus. Aus braunen Ziegeln. Rund gemauert. Es ist ein Tunnel.

- Ich höre nichts … Doch, jetzt schon. Es ist ein Bach. Er fließt direkt an mir vorbei. Ich stehe auf einem schmalen Stück Weg. Gemauert, der Weg auch … Rechts die Wand, links der Fluss. Der Fluss fließt durch einen unterirdischen Tunnel. Der Weg läuft nebenher.

- Ich laufe wieder. Ich kriege fast keine Luft mehr. Es stinkt ekelig … Hier stimmt was nicht! … Hier stimmt was nicht! … Irgendwas ist nicht richtig … Etwas Schlimmes! … Abwasserkanal … Es ist ein Abwasserkanal. Es stinkt nach Fäkalien. Ich kann sie sehen. Alles voll. Ekelerregend. Ich laufe wieder. Immer noch neben dem Abwasser her. Der Tunnel endet nicht. Es stinkt und es ist total finster. Dunkle Nacht … Jetzt bin ich draußen …

- Ein Haus. Aus Holz. Riesig groß und dunkel. Mit sehr vielen Fenstern.

- Nein, kenne ich nicht. Es sieht nicht aus wie unsere Häuser. Eine Veranda und viele Türme. Es sieht aus wie aus einem Spuk … Der Mond scheint … Hier stimmt was nicht. Stimmt was nicht …

- Im Treppenhaus. Die Treppe ist aus Holz. Sehr breit und nach rechts geschwungen. Links ist ein sehr großes Fenster. Wie ein Kirchenfenster. Es ist so hoch wie das ganze Haus. Und bunt ist es. Irgendwelche Motive, die ich nicht erkennen kann. Aber es leuchtet nicht hell. Nur ganz fahl. Draußen steht der Mond …

- Ich allein. Niemand sonst.

- Nein, hierher kommt der Hund nicht. Hierher kommt niemand. Niemand, außer mir und … Ein Kronleuchter hängt von der Decke.

- Im Treppenhaus … Ich traue mich nicht höher. Hier stimmt was nicht! … Oben sind viele Türen. Rund um die Galerie herum.

- Ja, die erste links. Da ist jemand … Ich weiß es. Ich öffne die Tür. Ein Schlafzimmer … In der Ecke steht ein Bett. Ein altes Bett. Mit Brettern oben und unten. Aus dunklem Holz. Es steht unter einer Schräge … Ich kenne das Zimmer … Und das Bett auch.

- Nicht mein Zimmer, nein. Daneben. Daneben …

- Jemand ist im Bett. Es ist schrecklich … Der Mondmann!

Ende: 18:33 Uhr

I.

Am Morgen des sechsten April war Faber seinem Vater sehr nah. Die Sonne stand bereits hoch am Himmel. Cirruswölkchen schwebten über das lichtblaue Firmament. Eine leichte Brise, die landeinwärts strich, verschwieg die vorangegangene Sturmnacht.

Trinidad, ich würde dich gerne noch einmal sehen, bevor ich sterbe. Eine gestochen scharfe Handschrift. *Ich warte auf dich bis nach Ostern, dann verlasse ich für immer mein Haus.* Nur noch eine schwungvolle Unterschrift, dazu die Adresse auf dem Umschlag. Keine Grüße. Keine Begründung, warum er nach all den Jahren aus dem Nichts wieder auftauchte. Nur ein kurzer Brief, der Faber so verwirrt hatte, dass er eine ganze Zeit brauchte, um zu einer Entscheidung zu gelangen. Aber dann war er doch um den halben Erdball gereist, um seinen Vater zu treffen.

Nach der Expressfähre vom Festland zur Insel hatte er das Taxiboot bestiegen. Doch dessen Skipper weigerte sich entschieden, die kleine, Hydra nochmals vorgelagerte Insel direkt anzusteuern. Statt beim Haus seines Vaters, setzte er ihn in Agios Nikolaos ab, einer weitgeschwungenen Bucht am südwestlichsten Punkt der Insel Hydra. Einen Kilometer von der Bucht entfernt ragte der Brocken, auf dem sein Vater angeblich lebte, aus dem Meer. Ein Haus war von Fabers Standort aus nicht zu sehen. Die Gebäude mussten sich auf der anderen, dem offenen Meer zugewandten Seite der Insel befinden.

Der Kapitän, ein gut Englisch sprechender Insulaner, hatte den Bewohner des Felsens während der Fahrt als verschroben und wenig menschenfreundlich geschildert. Ganz anders der Einheimische, auf den Faber stieß, nachdem er an Land gegangen war. Der junge Grieche, Dimitros, war gerade dabei, die Schäden, die der Winter an seiner Strandbude hinterlassen hatte, zu reparieren. Die Saison stand unmittelbar bevor und mit ihr würde auch dieser, auf dem Landweg nicht zu erreichende Strand wieder eröffnet werden. Dimitros kannte Fabers Vater, nannte ihn Kostas und einen Freund. Kostas, der griechische Kosename für Konstantin.

Faber war mulmig zumute. Auf dem letzten Stück seiner Reise hatte ihn das Gefühl beschlichen, die ganzen Strapazen könnten umsonst gewesen sein. Wartete sein Vater tatsächlich dort drüben auf ihn? Dimitros jedenfalls hatte keine Ahnung, ob sich der Alte zurzeit auf der Insel aufhielt. Manchmal verbringe Kostas einige Nächte in Athen. Hierher, an den nächstgelegenen Strand von Agios Nikolaos, zöge es ihn nur selten. Wenn, dann käme er im Sommer, spätabends, nachdem die Wassertaxen die Touristen wieder weggeschafft hatten, um ein Glas Wein zu trinken, eine Zigarre zu rauchen und in der Zeitung zu blättern. Manchmal sähe er ihn wegfahren, sein Boot zog dann eine feine Linie über den Horizont, bis es hinter dem nächsten Bergrücken verschwand. Häufiger jedoch nahm Dimitros lediglich Kostas Rückkehr wahr. An diesen Tagen war er noch vor Sonnenaufgang unbemerkt aufgebrochen, immer allein in seinem schnellen Boot. Besuch erhielt der Alte nie. Faber war in all den Jahren, seit der Grieche den Strand betrieb, offenbar der erste Mensch, der sich nach Konstantin Karamanolis erkundigte.

Das kleine Ruderboot zu seinen Füßen schaukelte friedlich im sanft auflaufenden, kristallklaren Wasser. Eine solche Distanz zu rudern schien nicht wirklich schwierig. Als Nichtschwimmer hatte Faber trotzdem Respekt vor der Strecke.

Ich warte auf dich bis nach Ostern, hatte sein Vater geschrieben. Nun, es war Osterdienstag und noch nicht einmal Mittag.

Faber war am Ostersamstag in aller Frühe im Torres del Paine Nationalpark aufgebrochen, ohne sich der Feiertage überhaupt bewusst gewesen zu sein. Mit dem Wagen über Cerro Castillo bis nach Puerto Natales brauchte er diesmal keine vier Stunden. Gerade noch erreichte er den Bus, der ihn zurück nach Punta Arenas brachte. Ziellos trieb er sich in diversen Kneipen herum und verbrachte die restlichen Stunden auf einem unbequemen Stuhl in der Abflughalle des Flughafens. Endlich, am nächsten Morgen, flog er mit Lan Chile zurück in die Hauptstadt. Sein Anschlussflug nach Madrid ging um 11:30 Uhr. Am Iberia Check-in-Schalter übergab man ihm ein Fax von Sandra mit seinen weiteren Verbindungen. Außerdem erhielt er die Nachricht, wo er den Brief seines Vaters abholen konnte. Unbedingt wollte er jetzt auch das Original in Händen halten. Die Briefmarke ansehen, wissen, wo er abgestempelt war und sogar daran riechen. Ein Tick vielleicht, aber Sandra hatte sofort verstanden, weshalb es ihm so viel bedeutete. Er würde den Brief in einem Lokal im Hafen von Piräus abholen, bevor er die Fähre nach Hydra bestieg. Die Bar gehörte einem ehemaligen Kollegen.

Vierzehn Stunden später landete Faber in Madrid. 7:00 Uhr Ortszeit am Ostermontag. Trotz Fluges in der ersten Klasse hatte er wenig geschlafen. Erstaunlicherweise fühlte er sich nicht so schlecht, wie er aussah.

Um 11:40 Uhr hob er erneut ab. Die Landung in Athen verspätete sich aufgrund erheblicher Turbulenzen über der griechischen Hauptstadt um eine halbe Stunde. Mit seinem wenigen Gepäck passierte er schnell die Einreisekontrolle und saß bereits wenige Minuten nach der Landung im vorbestellten Taxi. Die Flying Dolphin würde um 18:30 Uhr in Piräus die Anker lichten. Anderthalb Stunden waren in Athen bei dem dichten Verkehr für die Strecke zwischen Flughafen und Piräus knapp bemessen.

Fabers Taxi brauchte 50 Minuten bis Kantharos, dem Haupthafen von Piräus. Zehn Minuten später stoppte der Wagen vor der angegebenen Adresse in Mikrolimano, dem zweiten Yachthafen des riesigen Hafenareals. Ihm blieb jetzt nur noch eine halbe Stunde bis zur Abfahrt der Fähre.

Die Bar war in einem der wenigen alten Gebäude des Hafens untergebracht. Versteckt zwischen zwei seelenlosen Appartementkomplexen fand nur hierher, wer sich tatsächlich im weitverzweigten Hafenbecken auskannte. Ausländische Touristen waren hier eher selten. In der Bar trafen sich die einheimischen Skipper der großen Yachten, aber auch einfache Fischer, um nach einem langen Törn ein paar Drinks zu nehmen. Gin Tonic war die Spezialität des Hauses und der bevorzugte Drink des Hausherrn.

Jannis' Büro lag am Ende eines dunklen Flurs. Mit Aussicht auf die ein- und auslaufenden Schiffe hielt er sich hier vom frühen Mittag bis zum späten Abend auf. Im Gastraum sah man ihn höchst selten.

Seit er sich in Kambodscha mit Aids infiziert hatte, lebte er allein in dem stilvoll eingerichteten Büro und der zwei Stockwerke höher gelegenen Wohnung. Besuch hatte er so gut wie nie.

Als Faber jetzt das Büro betrat, war Jannis nicht allein. Sandra lächelte etwas schüchtern zu ihm herüber. Und sie schien sich der Überraschung, die ihre Anwesenheit für Faber bedeuten musste, durchaus bewusst zu sein. Faber verharrte kurz, kniff die Augen zusammen, steuerte dann aber zügig auf seinen schwergewichtigen Kumpel aus gemeinsamen Kriegstagen zu. Er umarmte ihn herzlich und schlug ihm mit ein paar flapsigen Bemerkungen freundlich auf den Rücken.

»Tut mir leid, Alter«, fuhr er auf Englisch fort, »ich muss sofort weiter. Ich wollte nur eben den Brief holen. Wahrscheinlich weißt du durch Sandra eh schon alles.«

Sandra war aufgestanden, den Brief in der Hand,

und ging verlegen auf Faber zu. Faber umarmte sie flüchtig und nahm den Brief an sich. Seine Augen ruhten für einen Augenblick auf dem Absender, bevor er wieder aufsah.

»Ich muss los. Danke Jannis, und auf bald. Sandra, wann sehen wir uns? Ich melde mich bei dir und danke für alles.«

Er war schon auf halbem Weg zurück zu seinem wartenden Taxi, als er hörte, dass beide ihm etwas hinterherriefen. Verwirrt drehte er sich noch einmal um.

»Was bedeutet das, keine Fähre mehr?«

Die letzte Fähre sei aufgrund des auf der Ägäis herrschenden Sturms gestrichen worden, erklärte ihm Jannis. Faber würde an diesem Tag nicht mehr nach Hydra gelangen.

Die Aussicht, seinen Vater wiederzusehen, stürzte gerade wie ein Kartenhaus in sich zusammen. Keine Fähre bedeutete keine rechtzeitige Ankunft auf Hydra. Sein Vater würde nicht mehr da sein. Bis *nach Ostern* stand in dem Brief.

Aber so schnell wollte Faber nicht aufgeben, nicht nach alldem, was er an Strapazen auf sich genommen hatte. Sandras perfekte Planung, sein Hetzen durch mehrere Länder, alles umsonst? Eine kleine Chance gab es noch. Die nächste Fähre lief am kommenden Tag um acht Uhr morgens aus. Anderthalb Stunden später würde er Hydra erreichen. Dienstag nach Ostern. *Nach Ostern.*

»Glaubst du, dass mich ein Skipper mit seinem Boot gegen eine gute Bezahlung auf die Insel bringt? Heute noch?«

Jannis zuckte die Schultern. Faber sah auf die Uhr. Er erinnerte sich an einen lange zurückliegenden Helikopterflug zu einer griechischen Insel. Irgendwo hier in der Nähe gab es einen Heliport und Jannis würde wissen wo. Wenn man eins im Krieg lernte, dann zu improvisieren und niemals aufzugeben.

Die Hoffnung, einen Kapitän zu finden, der bei diesen Bedingungen bereit war auszulaufen, zerschlug sich innerhalb der nächsten halben Stunde. Während Faber durch den Yachthafen strich und Seeleute ansprach, telefonierte Jannis von seinem Büro aus mit allen ihm bekannten Schiffseignern und Führern. Die Absage der Flying Dolphin war keine Ausrede der Reederei gewesen, wie Jannis zunächst vermutet hatte. Da draußen hatte sich ein heftiger Sturm zusammengebraut, sodass selbst die wagemutigsten Fischer vorzogen, im sicheren Hafen zu bleiben. Das Mittelmeer war bekannt für seine plötzlich aufkommenden Winde und Stürme, die damit einhergehenden Riesenwellen. Auf offener See kenterten Jahr für Jahr selbst große Schiffe.

Auch der Anruf bei der Helikopterfirma verlief erfolglos. Inzwischen sei selbst *Eleftherios Venizelos,* der internationale Flughafen von Athen gesperrt, teilte man ihnen mit. Fabers Maschine war eine der letzten gewesen, die eine Landeerlaubnis erhalten hatte.

Ruhelos lief er weiter an den Kais entlang. Gerade als er aufgeben wollte, sah er am Ende von Zea Marina, einem weiteren Yachthafen, ein altes Wasserflugzeug, einem Sammlerstück ähnlicher als einem tauglichen Fluggerät. Ein Mann in verschmutztem Overall schraubte an der Maschine herum. Faber trat näher heran. Heiß stieg es ihm die Wirbelsäule hinauf. Ihm war plötzlich, als habe er schon einmal in einem solchen Flugzeug gesessen. Dr. T.! New York. Die Sitzungen. Die Maschine glich der in seinem Bild aufs Haar. Ihm wurde eng ums Herz.

»Entschuldigen Sie«, sprach er den Mann an, nachdem sein Pulsschlag sich beruhigt hatte.

Der Mechaniker wischte sich mit dem Ärmel durchs Gesicht und lächelte freundlich.

»Hi«, grüßte er und hob die schmutzige Hand zum Gruß. »Sie interessieren sich für Wasserflugzeuge? Sie stehen vor einer original Arado Ar 196 von 1940, ein echtes Schätzchen. Die Deutschen haben sie zum Einsatz von Kriegsschiffen aus gebaut.«

»Ich verstehe nichts von Flugzeugen. Fliegt sie noch?«

»Aber sicher. Wenn ich mit ihr fertig bin, wird sie Touristen über die Inseln im Saronischen Golf fliegen. Ein unvergessliches Erlebnis, offen zu fliegen. Haben Sie es schon einmal probiert?«

»Das bedeutet, im Augenblick ist sie noch nicht einsatzbereit?«

Der junge Mann lachte. »Doch schon. Wenn ich dieses Teil hier wieder eingebaut habe«, er hob etwas in die Höhe, das entfernt an einen Vergaser erinnerte, »könnte man sofort in See stechen.« Faber nickte. »Morgen früh vielleicht. Das Wetter soll besser werden.«

»Morgen früh ist es zu spät. Ich müsste augenblicklich los. Nach Hydra.«

»Das tut mir leid. Die Gute kann eine ganze Menge,

aber für einen Nachtflug ist sie nicht ausgerüstet. Instrumentenflug ist nicht unsere Stärke, da werde ich Ihnen nicht helfen können.«

Faber verabschiedete sich niedergeschlagen. Er hatte alles versucht, nun blieb ihm doch nur, auf den nächsten Morgen zu warten und mit dem ersten Boot nach Hydra aufzubrechen. Nach einigen Metern drehte er sich noch einmal um und betrachtete grübelnd das Flugzeug. Es war das gleiche Modell, dessen war er sich jetzt absolut sicher.

Die Dämmerung legte sich über Piräus. Faber sehnte sich nach Ruhe. Er fühlte sich verwahrlost, schmutzig und kraftlos, als er Sandra wiedertraf.

»Du siehst nicht gut aus«, sagte Sandra und streichelte ihm dabei zart über den Arm.

»Danke, dass du gekommen bist«, flüsterte er.

»Du bist nicht sauer?«

Er schüttelte den Kopf. »Ich brauche ein heißes Bad. Und Schlaf, viel Schlaf.«

»Jannis sagt, wir … du kannst oben schlafen. In seinem Gästezimmer. Möchtest du noch etwas essen?«

»Nein. Nur ein Bad und ein Bett. Ich denke, ich nehme Jannis' Angebot an. Und du? Was wirst du machen? Willst du mich vielleicht …« Er stockte kurz. »… auf die Insel begleiten?«

»Das würde ich sehr gerne.« Sie sah ihn liebevoll an. »Ich suche mir ein Zimmer in der Nähe und hole dich gegen sieben Uhr morgen früh ab. Ist dir das recht?«

»Ja. … Sandra? … Danke für alles und entschuldige, dass ich manchmal so ungeduldig bin.«

Faber sah ihr nach, bis sie hinter der nächsten Ecke verschwand. Er hockte sich auf einen klapprigen Stuhl, der vor dem Eingang zur Kneipe stand, und fuhr sich durch den Bart. Rasieren wäre nicht schlecht, dachte er. Und frische Wäsche. Überhaupt musste sich einiges ändern. Im Moment war er bloß noch ein Mann auf der Suche. Würde er an seinen Erinnerungen ersticken, oder gab es andere Wege sie loszuwerden? Auskotzen, wie damals in den Sitzungen bei Dr. Teitelbaum. In der Zwischenzeit hatte er einige Bücher über Traumata und deren Überwindung gelesen, und dabei erkennen müssen, dass unterschiedliche Denkschulen existierten. Für einen Laien war eine Theorie so überzeugend wie die andere. Wie sehr konnte er also auf das vertrauen, was er in New York erkannt zu haben glaubte? Zu welchen Kapriolen waren ein strukturiertes Hirn und eine verletzte Seele fähig?

Faber saß vornübergebeugt, den Kopf zwischen beide Arme gepresst. Er ahnte, dass die eigentliche Frage eine andere war. Durften Ereignisse aus der Kindheit das Leben eines Erwachsenen dominieren?

Er erschrak, als er eine Hand auf seiner Schulter spürte. Jannis hatte sich unbemerkt auf den Klappstuhl neben ihm gesetzt. In der Hand hielt er zwei Drinks mit klirrenden Eiswürfeln. Gin Tonic, vermutete Faber, der vorsorglich abwehrend den Kopf schüttelte.

»Keine Widerrede. Den trinkst du jetzt, alter Freund. Es gibt Zeiten für Prinzipien und Tage, an denen es besser ist, guten Vorsätzen eine Pause zu gönnen.«

»Seit wann bist du Philosoph?« Faber nahm das ihm

gereichte Glas und stieß mit Jannis an. Es war nicht so, dass er grundsätzlich keinen Alkohol trank. Er hatte nur zu viele daran zugrunde gehen sehen.

Eine Weile sahen sie den Masten der Segelboote zu, die vor ihnen im Wasser schaukelten, und schwiegen gemeinsam.

»Tolle Frau«, unterbrach Jannis die Stille. »Kennst du sie schon lange?« Faber nickte. »Hattet ihr mal was miteinander?«

»Wie man's nimmt.«

»Verstehe. Immer noch keine festen Bindungen. Immer noch der alte Einzelgänger. Prost! Auf die alten Zeiten.«

»Sandra ist meine Assistentin und ich bin einmal mit ihr ins Bett gegangen. Mehr ist dazu nicht zu sagen. Prost! ... Und die alten Zeiten lassen wir besser ruhen. Am Ende glauben wir noch, es wären gute alte Zeiten gewesen.«

»Und so ist es nicht ...«

»Du hast dir ein Virus eingehandelt und ich ... Ach, Scheiße!«

Sie schwiegen erneut.

»Wenn's nur das Virus wäre, oder, Faber?«

»Scheiß drauf.«

»Wenn das so leicht wäre«, sagte Jannis sehr leise.

Das ewige Dilemma der Kriegsberichterstatter. Ob Fotograf oder Reporter, jeder war davon betroffen. Männer und Frauen gleichermaßen. Allein der Grad ihrer Schädigung unterschied sich. In ihrer Ausbildung hatte sie niemand auf die psychische Belastung, die auf sie zukam, vorbereitet. Man bläute ihnen ein, stets objektiv zu berichten. Verpflichtete sie dazu, sich schützend in der neutralen Zone aufzuhalten. Aber die gab es in einem Krieg nun einmal nicht. Man hätte Partei ergreifen müssen. Um sich zu schützen, aber auch um bessere Storys zu liefern. Stattdessen versammelten sie sich jeden Abend in einer anderen Bar und tranken sich den Krieg schön. Wurden zynisch und menschenverachtend.

Faber und Jannis waren nicht wirklich Freunde. Sie sahen sich immer nur, wenn Faber in Athen zu tun hatte. Ein einziges Mal war er extra für Jannis angereist, als er von dessen Aidsinfektion erfahren hatte. Er hatte ihn im Krankenhaus besucht. Und erst dort hatten sie ihr erstes richtiges Gespräch geführt. In all den Kriegsjahren waren sie dazu nicht fähig gewesen.

An jenem Nachmittag, in einem öden Athener Krankenhaus, hatte Faber dem kranken Jannis anvertraut, dass ihn grässliche Erinnerungsblitze heimsuchten: Der kleine Junge, begraben unter der toten Mutter. Sein unendlich trauriger Blick, als er ihn im Flüchtlingslager der Obhut der Nonnen übergeben hatte. Plötzlich waren sie da, die Szenen des Terrors, der Not, des Elends. All diese Bilder stellten sich vor ihm auf und tanzten einen grausamen Totentanz. Die geschändeten Frauen. Plötzlich standen sie vor ihm, direkt vor seinem Bett. Stumme Gesichter. Keine Anklage. Schweigend sahen sie ihn aus toten Augen an. Und die Augen der Kinder im Nebenraum.

Wenn der Albtraum vorbei war, begannen die Gewissensbisse. Dass er nicht eingegriffen, immer nur als neutraler Beobachter am Elend der anderen teilgenommen hatte. Wie oft hätte er helfen müssen, wo er sich nur hinter seiner Kamera versteckt hatte?

»Hast du je daran gedacht, dir helfen zu lassen?«, fragte Jannis. Faber atmete schwer, saß jetzt wieder aufrecht. »Ich war nämlich da.«

»Wo warst du?«

»Bei diesen Leuten, von denen ich dir beim letzten Mal erzählt habe.«

»Im Dart Center?«

Das *Dart Center for Journalism and Trauma* arbeitete seit 1999 daran, Journalisten besser auf ihre Einsätze vorzubereiten. Es war die Schule, die Fabers Fotografen-Generation nie durchlaufen hatte und der sich auch jüngere Kollegen immer noch verweigerten. Aus Sorge, ihre Voraussicht würde ihnen als Angst ausgelegt. In Amerika gegründet, unterhielt das Dart Center inzwischen Filialen weltweit.

»Setz dich mit ihnen in Verbindung. Ich weiß, du willst nichts davon wissen. Psychokacke nannten wir das damals. Völliger Blödsinn! Da sitzen gute Leute, unsere Leute. Die wissen, wovon sie reden. Du hast doch immer noch deine Flashbacks, oder?«

Faber nickte und beugte sich wieder nach vorne. »Ja, hab ich. Was hat Sandra dir erzählt?«

Jannis lachte. »Wenn ich mich nicht sehr täusche, wäre sie gerne mehr als nur deine Assistentin. Was ich wissen wollte, musste ich mühsam aus ihr herauskitzeln. Du kennst meine Fähigkeiten. Am Ende hab ich immer die Informationen bekommen, die ich haben wollte. Keine Sorge, sie steht loyal zu dir. Hat mir nichts verraten, was dich irgendwie kompromittieren könnte. Sie hat mir von dem Brief erzählt. Und ich habe sie gefragt, wie du dich fühlst.«

»Nein, hast du nicht. Befindlichkeitsjournalismus war nie dein Ding. Gott sei Dank nicht.«

Wieder lachte Jannis. »Nein, hab ich nicht. Okay, ich weiß von deinem Vater auf Hydra. Und davon, dass du ihn treffen willst. Und ich erinnere mich, wie verächtlich du früher über familiäre Bindungen gesprochen hast. Deine irrwitzige Anreise, der Tod deiner Schwester, ich habe eins und eins zusammengezählt. Recherche und ein bisschen gesunder Menschenverstand. Dir geht's scheiße, mein Freund. Und du brauchst dringend Hilfe.«

»Nein … Das heißt, ja! … Im Augenblick weiß ich überhaupt nicht mehr, was los ist. Meine Flashbacks begleiten mich. Mal schlimmer, mal wochenlang überhaupt nicht.«

Was Faber verschwieg, war das eigentliche Problem. Die Erinnerungen des Krieges vermischten sich zusehends mit den Bildern seiner Therapiesitzungen. Verbrannte und verstümmelte Körper mit Menschen in einem Wasserflugzeug. Lazarette und abgetrennte Gliedmaßen stießen auf niedliche Hunde und Sonnenuntergänge. Geschändete Frauen maßen sich mit unterirdischen Kanalisationssystemen. Und zwischendrin der Mondmann mit seiner weißen Schiebermütze. Alles verschwamm in seinem Kopf zu einem grässlichen Brei.

»Geh zu einem Therapeuten, Faber. Alleine gehst du

an dem Druck zugrunde. Glaube mir. Ich weiß, wovon ich rede.«

»Ich weiß, Jannis, du meinst es gut. Ich danke dir dafür. Aber im Augenblick brauche ich nichts dringender als Schlaf. Ich fühle mich wie ausgekotzt.«

Wieder sah er das Wasserflugzeug vor sich. Über der Flussbiegung vor einem blauen Himmel. Und den kleinen Jungen, der sich aus dem aufgeklappten Fenster heraus übergab. *Sind sie schon mal offen geflogen?* Oh ja, das war er.

II.

Am nächsten Morgen hatte sich der Wind gelegt. Pünktlich um acht Uhr lichtete die Flying Dolphin die Anker. An Bord Faber, der immerhin vier Stunden geschlafen hatte, aber schon seit Sonnenaufgang wieder unruhig mit der Kamera durch das Hafenviertel gewandert war. Neben ihm saß Sandra. Das Morgenlicht fiel auf ihr Gesicht, brach sich an der Nase und durchstrahlte die Strähnen ihres Haars. Faber ließ seinen Blick von ihrer Silhouette zu dem hypnotischen Lichtspiel wandern, das Sonne und Wellen vor den Fenstern der Fähre aufführten.

Der Bug des Schnellbootes hatte sich kurz nach der Ausfahrt aus Piräus aus dem Wasser erhoben, die Flying Dolphin schoss nun mit hoher Geschwindigkeit über die Wellen hinweg ihrem Ziel entgegen. Ständig tauchten neue Inseln vor den Panoramascheiben auf. Das Segelrevier der Athener hatte seine Reize.

Irgendwo über dem Atlantik hatte Faber sich an ein altes Reisebuch von Henry Miller erinnert. Darin erzählte der Dichter von einer einsamen, kargen Felseninsel vor dem Peloponnes. Von rauer Natur und einer verschachtelten, kubistisch anmutenden Architektur. Erst da war ihm eingefallen, dass Hydra auch die Insel von Leonard Cohen gewesen war. Dass der als junger Poet fast zehn Jahre seines Lebens auf Hydra verbracht hatte und viele seiner Songs dort entstanden waren. Neben Cohen gehörten damals noch viele andere junge Künstler zur örtlichen Bohème.

Wieso hatte sein Vater sich auf eine Künstlerinsel zurückgezogen? Stammte er von Hydra? Würde Faber dort auf weitere Verwandte treffen? Bei dem Gedanken daran wurde ihm flau. Eigentlich musste er sich eingestehen, rein gar nichts über diesen Mann zu wissen. Liebte sein Vater die Lieder von Cohen? War das vielleicht eine erste Gemeinsamkeit? War Konstantin Karamanolis dem Kanadier vielleicht sogar persönlich begegnet? Zwischen 1961 und 1971, als Cohen zwar Verse schrieb, das Gitarrespielen aber erst noch erlernte? Zeitlich schien das alles möglich. Sein Vater, ein musischer Mensch? Das passte gar nicht zu dem Bild, das er sich von ihm gemacht hatte.

Die Einfahrt in den Hafen hätte Faber gefallen, wenn er Augen für die karge Schönheit der Insel gehabt hätte. Mit jeder Seemeile, die das Boot dem natürlichen Hafenbecken näher kam, stieg der Grad seiner Nervosität. Bisher war alles nur ein Gedankenspiel gewesen. Aber gleich würde er auf den Mann treffen, der als Einziger noch Antworten für ihn hatte. Ein Glücksfall, wie Dr. Teitelbaum ihm versicherte, nachdem er sie aus Madrid per Handy endlich erreicht hatte. Sie telefonierten häufig. Besonders seit sich seine Kriegserinnerungen mit den inneren Bildern vermischten. Dr. T. hatte ihm weitere Therapiestunden empfohlen. Ob nun in ihrer eigenen Praxis oder bei einem Kollegen. Einen anderen Analytiker zu konsultieren kam für Faber ebenso wenig in Frage, wie auf Medikamente zurückzugreifen – eine weitere Möglichkeit, die Dr. Teitelbaum eingeräumt hatte. Wenn schon, dann hätte Faber nach New York zurückkehren müssen, und das war ihm zurzeit nicht möglich. Deshalb fanden die Sitzungen am Telefon statt. Mit Terminabsprache, aber manchmal auch ohne Voranmeldung. Faber fühlte sich durch diese Möglichkeit ausreichend sicher.

So erregt, fast schon euphorisch wie an diesem Ostermontag hatte er seine Therapeutin allerdings noch nicht erlebt.

»Sie sind einer unter Millionen, der eine solche zweite Chance erhält«, hatte sie gesagt. »Anstatt sich weiter mit Ihren Projektionen zu beschäftigen, erhalten Sie nun die Möglichkeit, alles direkt mit dem Mann zu besprechen, den Sie bislang für tot gehalten haben und für so vieles verantwortlich machen, was in Ihrem Leben, aber auch in dem Ihrer Schwester schiefgelaufen ist. Ein unglaublicher Glücksfall für einen rational veranlagten Menschen, wie Sie es nun einmal sind. Bitte begreifen Sie das als Ihre große Chance im Leben«, hatte sie ihn angefleht. »Freuen Sie sich darauf. Folgen Sie Ihrem Instinkt und lassen Sie alle Gefühle zu, die bei dem Zusammentreffen in Ihnen hochkommen.«

Kaum festen Boden unter den Füßen, sah Faber sich suchend um. Sandra stand immer noch in der Schlange an der Reling. Wo blieb nur ihr Taxi? Er wurde immer ungeduldiger und sprach den ersten Menschen an, der an ihm vorbeiging. Ein alter, ganz in schwarz gekleideter Mann. Er stand tief über seinen Gehstock gebeugt, war unrasiert und sein noch volles, graues Haar stand ihm wild vom Kopf.

»Taxi?«, fragte Faber lauter, als es seine Absicht gewesen war.

Freundlich und in wohltönendem Bariton antwortete ihm der Alte. Faber verstand kein einziges Wort. Sein Blick folgte dem ausgestreckten Arm des Mannes. Er deutete auf ein schmales Gebäude, das sich harmonisch in die Reihe der alten Häuser einfügte. Nur die Außentische verrieten es als Kafenion. Das gesamte Hafenareal wirkte wie eigens für einen Fellini-Film der Fünfzigerjahre entworfen.

Im Inneren der schmalen Hafenkneipe sorgte Fabers Frage für Erheiterung. Schon der Alte an der Mole hatte ihn aus seinen hinter dichten Brauen versteckt liegenden Augen seltsam belustigt angesehen. Doch wenigstens sprach man hier englisch. Auf Hydra gab es keine Taxen. Es gab überhaupt keine Autos. Auch keine Motorräder. Alles, was transportiert werden musste, Menschen inbegriffen, wurde mit Holzkarren, Eseln oder Mulis befördert.

Sandras Kopf tauchte im Türrahmen der Kneipe auf.

»Was rennst du denn plötzlich so?«, fragte sie und erklärte ihm alles, was er gerade mühsam erfragt hatte. Natürlich habe sie gewusst, dass die Insel autofrei sei.

»Weißt du dann auch, wie ich zum Haus meines Vaters gelange? Schnell, bitte«, fügte er unnötigerweise hinzu.

Auf dem Brief stand unter dem Inselnamen lediglich das Wort: Paradies. Was konnte damit gemeint sein? Ein Hinweis auf die Schönheit der Insel? Oder auf die fehlende Infrastruktur? War Paradies vielleicht die Straße, in der sein Vater wohnte? Wenn es keine Autos gab, und, wie Sandra berichtete, auch keine Straßen, die weit über das Dorf hinausführten, dann musste doch jedermann hier wissen, wo das Paradies lag. Ohne Sandras Antwort abzuwarten, wandte er sich an den fetten Wirt.

»Can you show me the way to paradise?«

Männer schauten von ihren Tavli-Spielen auf und lachten. Endlich eine Abwechslung vom monotonen Alltag eines langen, einsamen Inselwinters. Völlig frustriert verließ Faber den Laden und sah sich draußen um. Er versuchte es bei zwei Herren, die ihren Kaffee auf dem Platz vor dem Kafenion tranken. Kurz darauf in einem benachbarten Lebensmittelladen, in dem ein Bild des jungen Leonard Cohen an der Wand hing. Schließlich stolperte er zurück zum Wasser und ließ sich erschöpft auf eine Bank fallen. Sandra, bemüht mit dem zunehmend verzweifelter werdenden Faber mitzuhalten, setzte sich neben ihn auf das marode Holz und stieß ihn in die Seite.

»Was ist los mit dir?«, fuhr sie Faber an. Faber blickte stur vor sich hin. »Paradies ist eine vorgelagerte Insel ganz im Süden von Hydra. Eigentlich nur ein Felsen am Ende einer weitgeschwungenen Bucht, aber dein Vater lebt darauf. Der Brocken hat wohl keinen richtigen Namen.«

»Und wieso hast du …«

»Ich habe sie einfach nach Konstantin Karamanolis gefragt, den kannten alle. Und natürlich wissen sie, wo er wohnt. Nur den angeblichen Namen der Insel hatten sie noch niemals zuvor gehört. Er scheint sie aber besonders zu amüsieren.«

»Wie komme ich dahin?« Fabers Entschlossenheit kehrte zurück.

»Auf dem Muli.« Faber sah sie mit so großen Augen an, dass der Scherz ihr auf der Stelle leid tat. »Quatsch! War nicht ernst gemeint. Du nimmst ein Wassertaxi. Die Boote sind neben den Eseln hier auf der Insel die einzig funktionierenden Fortbewegungsmittel.« Sandra deutete auf ein blank poliertes Holzboot am Ende des Hafenbeckens. »Sie fahren dich und holen dich auch wieder ab. Lass dir die Handynummer vom Skipper geben und ruf ihn an, sobald du getan hast, was du tun willst. Oder ruf mich an, ich regele dann von hier aus, dass du wohlbehalten aus dem Paradies zurückkommst.«

»Heißt das, du willst nicht mitkommen?«

Sie schüttelte den Kopf. »Das ist deine Sache. Dabei störe ich nur. Ich suche uns in der Zwischenzeit eine Bleibe. Was nicht schwer werden wird zu dieser Jahreszeit. Und eine prima Aussicht haben sie hier alle.« Sie deutete mit einer ausladenden Geste auf die Häuser des Ortes, die den Berg überzogen. Beim Einlaufen in den Hafen verschafften sie dem Betrachter den Eindruck eines Amphitheaters. »Gib mir dein Gepäck und dann mach dich auf den Weg. Das Boot braucht eine halbe Stunde. Viel Glück.«

Sie trat näher, küsste Faber auf beide Wangen und machte sich mit ihrem Koffer und Fabers Reisetasche auf den Weg zum nächsten Muli.

III.

Faber beging den Fehler, den alle Laien begehen. Er ruderte zu schnell und unterschätzte die Entfernung. Allmählich spürte er seinen Rücken und die schmerzenden Arme. Auf den Handballen bildeten sich erste Blasen. Er holte die Ruder ein, zog sein Hemd aus und wickelte sich den Stoff um die rechte Hand. Auf den nächsten Metern bekam das Boot einen Rechtsdrall. Er hielt erneut inne und stülpte die Stoffbandage über die andere Hand. Die nächsten Schläge wandelten den Rechts- in einen Linksdrall um. Er ruderte langsamer und es gelang ihm, das Boot auf Kurs zu halten.

Die friedlich daliegende Ägäis erwies sich schon wenige Meter hinter dem Strand als trügerisches Phänomen. Es existierten unterirdische Strömungen, die man vom Ufer aus nicht erkennen konnte. Und je länger Faber unterwegs war, desto höher schienen ihm auch die auflaufenden Wellen zu werden.

Endlich war er am Ziel. Er landete an und kletterte aus dem schaukelnden Kahn vorsichtig an Land. Paradies sah nicht anders aus als Hydra selbst, nur in klein. Karger Fels und Grasbüschel. Kein Baum, kein Strauch. Er stand auf felsigem Grund, durch dessen porösen Stein das unter dem Meeresspiegel hereingepresste Wasser zu ihm heraufheulte. Vom Haus seines Vaters war weit und breit nichts zu sehen.

»Konstantin Karamanolis«, rief er. Hätte er besser »Vater« rufen sollen? Weit entfernt, am Strand von Agios Nikolaos, meinte er Dimitros erkennen zu können. Vom Ufer aus schien er ihn zu beobachten. Direkt vor ihm stieg der Felsbrocken an. Dort wo er auf den Himmel traf, konnte die höchste Erhebung des Felsens sein, aber genauso auch nur eine Kuppe, hinter der die Insel nochmals anstieg. Dieser Weg zum Haus seines Vaters schien ihm jedenfalls wenig sinnvoll. Er könnte versuchen, die Insel entlang des felsigen Ufers zu umrunden, aber wer wusste, was ihn hundert Meter weiter erwarten würde.

Es blieb ihm nichts anderes übrig, als erneut in den Kahn zu steigen und mit seinen verletzten Händen in die Ruder zu greifen. Die Sonne stand inzwischen im Zenit. Faber zog seine Kappe auf. Auf seinem Oberkörper zeigten sich erste Rötungen. Er zog sein Hemd wieder über und ruderte weiter, zählte dabei die Schläge, um sich von seinen immer stärker schmerzenden Gliedern abzulenken.

Später fand er sich auf der dem offenen Meer zugewandten Seite von Paradies und erblickte zum ersten Mal das Haus seines Vaters. Es handelte sich um einen Komplex aus zwei kleinen und einem größeren Haus, die auf einer ebenen Rasenfläche als zum Meer hin offenes Rechteck angelegt waren. Ein Haupthaus, das etwa zwanzig Meter vom Landesteg entfernt unter zwei Zypressen stand. Aus Holz gebaut und weiß gestrichen. Eher im Stil amerikanischer Südstaatenhäuser denn landestypisch errichtet. Links davon ein kleines Pinienwäldchen. Auch den hinter dem Haupthaus ansteigenden Hang hinauf wuchsen Bäume. Die Insel war auf dieser Seite deutlich weniger karg und machte auf Faber einen einladenden Eindruck. Das rechts vom Haupthaus liegende Gebäude war aus schlechterem Material erbaut als das Wohnhaus. Ein Schuppen vielleicht. Unten am Wasser, direkt neben dem Anlegesteg, stand die dritte Hütte, wahrscheinlich das Bootshaus. Ein Ruderboot lagerte aufgebockt davor.

Fabers Hände brannten wie Feuer, Schweiß rann ihm von der Stirn. Er wischte sich mit dem Hemdsärmel das Gesicht trocken und griff nach der großen Nikon. Durch das Teleobjektiv besah er sich das Gelände genauer. Vor allem aber wollte er feststellen, ob sein Vater zu Hause war. Auf der Veranda des Haupthauses standen ein grober Tisch und ein Korbstuhl verlassen in der Sonne. Angelgerät hing an der Außenwand des Bootshauses. Einige Reusen, ein paar Ruten, ein Käscher. Ein Netz war zwischen zwei Bäumen aufgespannt. Offenbar sollte es geflickt werden. Eine Postkartenidylle. Faber ließ die Kamera sinken.

»Hallo«, rief er laut, »ist jemand zu Hause?«

Faber wiederholte den Ruf noch zweimal, bevor er das Boot die letzten Meter zum Steg ruderte. Er schlang das Seil um einen der Pfosten, knotete es fest und wollte eben aufstehen, als er über sich ein Knurren hörte. Erschreckt wich er zurück und wäre fast ins Meer gestürzt. Auf dem Steg stand drohend ein Schäferhund. Woher kam das Tier so plötzlich? Faber atmete erst einmal durch. Langsam erhob er sich, was ihm nicht leichtfiel. Er misstraute dem im seichten Wasser dümpelnden Kahn. Außerdem würde eine zu schnelle, unbedachte Bewegung das Tier erschrecken. Und das konnte er sich nicht leisten. Er musste an Land.

»Ruhig«, sagte er besänftigend. »Wo ist denn dein Herrchen?«

Faber sah über den Hund hinweg. Niemand zu sehen. Allerdings fehlte auch das Motorboot, von dem Dimitros gesprochen hatte. Das sprach gegen die Anwesenheit von Konstantin Karamanolis. Aber würde er einen Hund allein zurücklassen, wenn er die Insel für immer verlassen wollte? Oder war der Hund sein Abschiedsgeschenk für ihn? Sicher kam er bald zurück.

Der Hund erinnerte ihn an das Tier, das er vor langer Zeit besessen hatte. Sein Vater hatte ihn angeschafft, kurz nach Fabers Geburt. Jahre später war er in seinen Armen gestorben. Ein liebenswertes Tier, das keiner Seele etwas zuleide tun konnte. Er hatte immer darauf vertraut, dass der Hund ihn im Notfall beschützen würde. Faber meinte in dem Hund, der immer noch in Drohgebärde über ihm stand, die gleiche freundliche Harmlosigkeit zu erkennen. Vorsichtig streckte er ihm die Hand entgegen.

»Du bist aber ein feiner Kerl«, sagte er und sprach weiter beruhigend auf den Schäferhund ein. Keine Minute später näherte sich die Schnauze des Hundes Fabers Hand. Jetzt konnte er an Land gehen. Schnell kletterte er auf den Steg, ging vor dem Hund in die Hocke, ohne ihn aus den Augen zu lassen, und begann ihn unter dem Kinn zu kraulen. »Braver Junge«, sagte er mehrmals. »Braver Junge.«

Am ersten Baum, den Faber auf dem Weg zum Haupthaus passierte, hing ein Schild. »Willkommen im Paradies« stand dort mit schwarzer Farbe auf die Holzmaserung gepinselt. Kostas sprach also deutsch, auch nach all den Jahren noch. Faber hatte sich noch im Boot entschieden, seinen Vater Kostas zu nennen.

Er fotografierte das Schild, bevor er sich umdrehte und zurück aufs Meer sah. Der Bootssteg wies wie ein Pfeil den Weg hinaus in die Weite der See. Würde man das westliche Ende Kretas streifen, wenn man dem Kurs stur nach Süden folgte? Lange bevor man irgendwann auf die afrikanische Küste träfe?

Wenige Meter vom Steg entfernt, auf dem gestutzten Gras, wuchs ein weiß lackierter Fahnenmast in den Himmel. Eine Flagge wehte nicht daran. Die weißen Seilzüge schlugen leicht im Rhythmus des Windes gegen den hohlen Mast. Was für ein schöner, ruhiger Fleck Erde! Nicht wie viele der Hütten, die Faber im Laufe seiner Reisen an ähnlich versteckt gelegenen oder vergessenen Orten der Welt gesehen hatte, die so oft auch vom Atem des Untergangs umweht wurden. Dieser Platz strahlte einen Frieden und eine Ordnung aus, die ihn irritierten. Vielleicht lebte Kostas doch nicht allein. Er war auf das Innere des Wohnhauses gespannt.

Vor den Stufen blieb er erneut stehen.

»Kostas«, rief er laut.

Der Hund, der die ganze Zeit neben ihm hertrottete, bellte, als er den Namen seines Herrchens hörte. Er sprang an Faber hoch. Faber strich dem Tier über den Kopf.

»Ist ja gut, mein Alter. Kostas kommt bestimmt bald zurück.«

Sofort ließ er von Faber ab und lief vor der Eingangstür aufgeregt hin und her. Dabei winselte er, unterbrochen nur von kurzem, trockenem Gebell. Was hatte das zu bedeuten? War Kostas etwa …? Faber folgte dem Hund schnell und klopfte gegen die Tür.

»Hallo? Jemand zu Hause?«

Er versuchte den Türknauf zu drehen. Verschlossen. Schnell untersuchte er die beiden übrigen Gebäude. Selbst das Bootshaus war abgeschlossen. Faber wagte einen Blick durch das Fenster … kein Boot, stellte er erleichtert fest. Stattdessen jede Menge Werkzeug, alles fein säuberlich in passenden Wandhalterungen verstaut. Zwei Surfbretter hingen an der Wand und ein Fahrrad von der Decke.

Die Fenster des Haupthauses waren mit Gardinen verhüllt, sodass Faber nicht hineinsehen konnte. Hatte der Mann sich eingeschlossen? Wartete er in der verdunkelten Wohnung auf den Tod? Was hatte im Brief gestanden? *Dann verlasse ich das Haus für immer.* Aber warum winselte der Hund so vor der Eingangstür, wenn sich doch niemand im Haus befand? Fabers Gedanken rasten. Sollte er versuchen, die Tür aufzubrechen? Wer wollte ihn hier draußen dafür zur Rechenschaft ziehen? Es gab keine Nachbarn. Selbst der Fahrer des Wassertaxis hatte sich geweigert, ihn direkt auf Paradies abzusetzen. Sorgte er sich etwa um den fremden Vater? Faber beruhigte sich wieder. Er musste sich einfach gedulden. Gehörte Kostas zu diesen militanten Einsiedlern, denen die Einsamkeit die seltsamsten Ideen eingab, fragte er sich. Nationalisten mochte er überhaupt nicht. Welche Fahne wehte über dem Anwesen, wenn der Hausherr anwesend war? Schluss mit den Spekulationen. Bis auf den Hund war die Insel verlassen.

Faber ging zurück zum Wasser und hockte sich auf den Steg. Seine Füße baumelten nur Zentimeter über dem Wasser. Irgendwann zog er sein Handy aus der Tasche und wählte Sandras Nummer. Kein Netz. Von der Außenwelt abgeschieden. Er musste sich wohl oder übel damit abfinden. Ein weiterer Grund, ins Haus einzubrechen. Wahrscheinlich besaß sein Vater, ebenso wie Gerardo Schaeffner in Patagonien, ein Satellitentelefon, mit dem man in Notfällen telefonieren konnte.

Faber sah auf die Uhr. Später Nachmittag. Er musste sich jetzt entscheiden. Entweder er brach die Tür auf oder er ruderte bald zurück an Land. Wenn sich die Dunkelheit erst einmal über das Meer legte, war es zu spät. Er hatte einen ersten Eindruck vom Paradies seines Vaters gewonnen. Mehr als er noch vor zwei Tagen zu hoffen gewagt hatte.

Endlich entschlossen, die Insel zu verlassen, sprang er auf. Nochmals eine Stunde rudern. Es wäre sicherlich dunkel, wenn er am Strand von Agios Nikolaos anlegte. Faber suchte seine Klamotten zusammen und stieg ins Boot. Der Hund stand auf dem Steg und sah traurig zu ihm herunter. Kostas würde schon kommen. Niemand ließ seinen Hund verhungern. Faber konnte nichts für ihn tun. Außerdem würde er morgen in aller Frühe zurückkehren, um den Alten endlich zu treffen. Er hatte ein gutes Gefühl.

Als er schon die Ruder in der Hand hielt, hörte er ein Motorengeräusch. Ein Boot tauchte in Sichtweite auf. Es näherte sich mit hoher Geschwindigkeit. Faber nahm die Kamera zuhilfe. Den Bootsführer zu einer Landung auf Paradies zu überreden, war ihm nicht gelungen. Für Sandra schien das kein großes Problem gewesen zu sein. Minuten später stand sie neben ihm, auf der Insel seines Vaters.

»Er ist nicht gekommen?«

»Bisher nicht. Der Strandwart in der Bucht meinte, er führe häufiger früh morgens weg und käme erst bei Anbruch der Nacht zurück. Ich wollte dich anrufen, aber auf diesem einsamen Felsen gibt es kein Netz.«

»Ich weiß. Ich habe selbst versucht, dich zu erreichen. Deshalb habe ich mir das Taxi geschnappt. Nur für den Fall, dass ... Na ja, du verstehst schon. Was willst du jetzt machen? Übrigens«, sie sah sich um, »es ist sehr schön hier. Hatte ich mir gar nicht so vorgestellt.«

»Ich wollte gerade zurückrudern. Das Haus ist verschlossen. Schlafen will ich hier nicht. Und ich wollte nichts beschädigen. Wie hast du den Kerl überredet, dass er dich direkt zur Insel bringt? Heute Morgen war er ziemlich stur. Sieh dir meine Hände an. Ich bin von Agios Nikolaos bis hierher gerudert.«

Er streckte sie ihr entgegen. Sandra strich sanft über seine Handballen. Faber hatte die Blasen inzwischen mit seinem Messer aufgestochen und die Wunde anschließend im Salzwasser desinfiziert. Verbandszeug lag in seiner Reisetasche, und die war in Hydra Stadt.

»Dann war es doch richtig, dass ich gekommen bin. Zuerst war ich mir nicht sicher. Ich meine, wenn du hier mit deinem Vater im Gespräch gewesen wärest und ich plötzlich hier auftauche …«

»Lass uns fahren. Ich komme morgen zurück. Den Kahn lassen wir hier. Ich habe einen Zettel geschrieben und unter der Tür durchgeschoben. So weiß Kostas, dass ich da war und morgen früh wiederkommen werde.«

»Kostas?«

»Ja, so nenne ich meinen Vater. Hast du ein Hotel gefunden?«

»Besser. Ein ganzes Haus. Es liegt fast am Ende des Dorfes, ganz weit oben. Man hat einen sensationellen Blick. Es wird dir gefallen. Du kannst vom Bett aus übers Meer bis zum Peloponnes sehen.«

»Ein Haus? Gab es kein Hotel? Sind wir etwa Selbstversorger?«

Sandra lächelte und zog ihn am Arm zum wartenden Taxiboot. »Lass dich überraschen.«

Am Morgen war Faber nervös und gereizt gewesen. Jetzt, im Boot, auf der Rückfahrt nach Hydra, spürte er seine Müdigkeit und Erschöpfung. Er sackte immer mehr in sich zusammen. Auf halber Strecke legte Sandra ihren Arm um seine Schultern. Seine Körperspannung ließ nach und er rutschte ganz nah an sie heran. Als sie den Hafen erreichten, ruhte sein Kopf auf ihrer Brust. Sandra streichelte ihn, er war eingeschlafen. Sie küsste ihn zärtlich, während der Skipper schon auf der

Mole mit seinen Kollegen witzelte. Irgendwann gingen sie von Bord. Arm in Arm passierten sie die beleuchteten Bars und Restaurants. Das weiche Licht der Laternen spiegelte sich auf dem speckigen Kopfsteinpflaster. Sandra dirigierte Faber die immer enger werdenden Gassen hinauf, bis sie schließlich vor einer morschen Holztür stoppte, vor der eine Schar Katzen herumstrich.

Faber hatte keine Augen für die Schönheit des Hauses. Nach allem, was hinter ihm lag, fühlte er sich jetzt seltsam entrückt. Die neue Vertraulichkeit zwischen ihm und Sandra nahm er völlig selbstverständlich hin. Er versuchte nicht zu fliehen.

Sandra verschwand sofort in der Küche. Sie hatte eingekauft, während er auf Paradies war, und wahrscheinlich auch schon Vorbereitungen fürs Abendessen getroffen.

»Willst du dich nicht auf die Terrasse setzen?«, rief sie. »Die Aussicht ist wunderbar. Ich komme gleich nach.«

Er betrat die kleine Küche, nachdem er die Schuhe ausgezogen und sie neben der Eingangstür abgestellt hatte.

»Sandra, ich …«

Sie drehte sich zu ihm um und trocknete ihre Hände an einem Küchenhandtuch. »Du wärst lieber in einem Hotel, stimmt's?«

Einen kurzen Moment wollte Faber lügen, bevor er nickte. »In einem Hotel ist alles leichter. Hier kenne ich mich nicht aus.«

»Du musst gar nichts tun. Ich brate uns schnell ein

paar Lammkoteletts. Wenn du willst, kannst du den Salat machen. Kipp einfach alle Zutaten in die Schüssel und hebe sie vorsichtig untereinander.«

Sie zeigte auf ein Schneidbrett, auf dem entkernte Oliven lagen. Tomaten, Schafskäse, geröstetes Brot und hart gekochte Eier. Dahinter, in einem altmodischen Blechsieb, die frischen, noch feuchten Salatblätter. Sandra hielt ihm eine Glasschüssel mit der vorbereiteten Salatsauce hin.

»Gerne«, murmelte er.

Minuten später duftete es in der Küche nach gebratenem Fleisch und Kräutern. Faber schnitt das Brot und brachte es zusammen mit dem Salat und einer Flasche kaltem Weißwein auf die Terrasse.

Er trat an das schmiedeeiserne Geländer. Unter ihm beleuchteten vereinzelte Straßenlaternen den steilen Hang. Zusätzliches Licht drang aus den wenigen Häusern, die zu dieser Jahreszeit bewohnt waren. Lediglich das Hafengebiet strahlte hell gegen das schwarze, im Mondlicht glitzernde Meer. Am Horizont die Umrisse des Peloponnes.

Erst im Juni würden die Athener hier einfallen. Sandra hatte ihm, während sie durch die steilen Gassen hinaufstiegen, erklärt, dass auf Hydra inzwischen die höchsten Immobilienpreise ganz Griechenlands gezahlt wurden. Der verfügbare Raum war knapp, nahezu jedes Gebäude stand unter Denkmalschutz. Kein Wunder also, dass sich reiche Athener um die Häuser schlugen, zumal dieser ruhige Flecken von der Hauptstadt aus schnell im eigenen Boot zu erreichen war.

»Habe ich dir zu viel versprochen?« Sandra war unbemerkt hinter ihn getreten und legte die Arme um seine Hüften. Er schüttelte den Kopf. Eine Weile standen sie so beisammen.

»Wollen wir essen?«, fragte sie und zog ihn sanft zu einem runden Holztisch, um den einige geflochtene Stühle standen.

Wie hungrig er gewesen war, merkte Faber erst, nachdem er fast alles verschlungen hatte, sein Magen aber immer noch knurrte. Er aß auch noch das letzte Stück Brot, drehte dann seinen Stuhl in Richtung Meer und streckte zufrieden die Füße weit von sich. Sandra zündete sich eine Zigarette an und inhalierte tief. Sie lächelte zu Faber herüber, nahm einen erneuten Zug.

»Willst du mir von Chile erzählen?« Es schien, als hätte sie die Frage schon die ganze Zeit über umgetrieben.

Langsam und stockend, Wort für Wort suchend, um die richtigen Sätze ringend, begann er zu berichten. Vom ersten Besuch bei seiner Schwester, von den Vorwürfen, die sie gegen ihren Vater gerichtet und was das alles in ihm ausgelöst hatte. Von der Ratlosigkeit, die ihn nach dem Treffen ergriffen hatte, seiner Traurigkeit. Von Dr. Teitelbaum, von den Sitzungen in New York und den inneren Bildern, die er bis heute nicht richtig zu deuten wusste.

»Wahrscheinlich hast du dir das doch schon gedacht, oder?«, fragte er, nachdem er fast eine Stunde lang gesprochen hatte, »dass irgendetwas mit mir nicht stimmte? Damals, als ich so lange in New York geblieben bin und diesen Job in Japan abgesagt habe.«

»Zumindest wusste ich, dass du dir nicht die Stadt ansiehst. Du bist nicht der Museum-of-Modern-Art-Typ. Und als Tourist auf der Staten Island Ferry oder dem Empire State Building kann ich mir dich auch nicht vorstellen. Aber die Geschichte deiner Schwester und deiner Therapie, wie sollte ich so etwas erahnen können? Ich vermutete, es sei eine Frau im Spiel. Das soll überhaupt kein Vorwurf sein.« Sandra nahm seine Hand. »Du frierst.« Sie stand auf und kam mit einer Decke unter dem Arm zurück. »Hier, ich habe meinen Mantel. Oder willst du lieber ins Haus gehen?«

»Lass uns ruhig noch einen Augenblick hier draußen bleiben. Die Luft tut mir gut … und die Weite.«

Faber wickelte sich in die Decke ein und fuhr fort. Er sprach vom zweiten Besuch bei seiner Schwester, von deren Sterben in der Klinik und seinem Verlorensein zwischen all den Ereignissen und Erinnerungen. Auch von Inkas Kindern, der Reise in den Naturpark und der dort von ihm inszenierten Beerdigung. Und natürlich über seine tiefe Verunsicherung, nachdem er vom Brief seines Vaters erfahren hatte. Er sprach jetzt schnell, ohne Pausen, am Ende fast flüsternd.

»Deine Schwester hat dir gesagt, dass auch du missbraucht worden sein könntest?« Faber sah sie nur an. »Das muss schrecklich für dich gewesen sein. Ich habe mir gerade vorgestellt, wie ich reagieren würde, wenn mir jemand etwas derart Ungeheuerliches offenbaren würde. Aber bei dir hatte ich eben den Eindruck, dass dir das irgendwie …«

»… egal ist, meinst du? Nein. Es ist mir keinesfalls egal. Ich weiß nur nicht mehr, was ich denken soll. Es ist so verdammt schwer, das alles zu deuten. Einerseits die Aussagen von Inka und die Bilder während der Therapie ...«

»Sind die denn eindeutig?«

»Eben nicht. Also, laut Dr. Teitelbaum schon. Und zuerst habe ich auch daran geglaubt. Aber du kennst mich ja.«

»Ja, du traust nichts und niemandem.«

»Was sich ja auch in meinem Fall bewährt hat. Ich habe alles gelesen, was ich finden konnte und hatte dann die Gelegenheit mit einer Frau zu sprechen, die ich in Den Haag getroffen habe. Elisabeth Loftus heißt sie.«

»Das ist diese Gedächtnisforscherin, oder?«

»Sie hat Studien zur Zuverlässigkeit unseres Gehirns durchgeführt und dabei herausgefunden, dass unser Gehirn die sogenannte Wahrheit aus Fantasien und Fakten zusammensetzt.«

»Unser Gedächtnis ist Weltmeister im Erfinden und Fabulieren.«

»Genau! Die Experimente sind sehr beeindruckend. Jedenfalls das, was ich darüber gelesen habe.«

»Wie schnell ist der weiße Wagen, der an der Scheune vorbeigefahren ist? Sie hat den Leuten eine Sequenz vorgeführt und dann diese Frage gestellt. Siebzehn Prozent erinnerten sich hinterher an eine Scheune, obwohl es im Film keine gab.«

»Und von diesen Experimenten hat sie Hunderte durchgeführt. Falsche Erinnerungen nennt sie, was wir als untrügbar bezeichnen.«

»Und du denkst, das trifft auch auf dich zu?«

»Es könnte in meinem Fall tatsächlich eine Rolle spielen. Das Wesentliche an ihrem Ansatz ist, dass sie bestreitet, dass die Erinnerung an einen Missbrauch komplett verdrängt wird und erst Jahre später in der Therapie wieder auftaucht. Sie zweifelt an der Echtheit dieser Erinnerungen. Ihre Kollegen hassen sie dafür, weil sie behauptet, dass die Therapeuten ihre Patienten wissentlich in die Irre führen, ihnen den Missbrauch einreden.«

»Okay. Eine weitere Theorie. Und du, was glaubst du?«

»Wenn ich das wüsste. Ich fühle überhaupt nichts. Und selbst wenn ich es täte, was, wenn auch das wieder nur eine falsche Wahrnehmung wäre? … Ich glaube inzwischen, das Problem liegt ganz woanders. Unabhängig was geschehen ist oder nicht, man muss die Vergangenheit hinter sich lassen, weil sie nicht mehr zu ändern ist. Ich muss mich damit abfinden.«

»Aber warum bist du dann hier?«

»Weil ich nicht länger verdrängen will … Und weil ich meinen Vater noch einmal sehen will. Mit ihm sprechen will. Ihn spüren möchte.« Er atmete hörbar aus und nahm einen Schluck Wein. »Komm, es ist kalt geworden, bitterkalt. Lass uns schlafen gehen. Du weißt, was ich morgen vor mir habe.«

Das Haus verfügte über mehrere Zimmer. Sandra hatte Fabers Tasche in das schönste, zum Meer gelegene, gestellt. Ihr eigener Koffer stand in einem kleineren, dunkleren Raum im hinteren Teil des Hauses.

»Das kommt überhaupt nicht infrage«, sagte Faber und brachte ihren Koffer hinüber in sein Zimmer. »Wir schlafen hier, beide. Bitte!« In diesem Wort steckte mehr Zuneigung, als er ihr jemals gezeigt hatte. Sandra zögerte, nickte dann aber und ging, nachdem sie sich ein Shirt aus ihrem Koffer geholt hatte, ins Bad. Faber zog sich aus, legte sich unter die Decke und wartete.

Wie schön sie ist, dachte er, als sie wieder aus dem Bad kam. Er hatte sie noch nie mit einer solchen Ruhe wie in diesem Moment angesehen. Ihre Haut war blassweiß, dazu das schwarze, bis auf die schmalen Schultern herabfallende Haar. Abgeschminkt war sie noch schöner. Faber schämte sich, er hatte mit ihr geschlafen und all das fiel ihm erst jetzt wirklich auf.

»Ich will aber nicht mit dir schlafen«, sagte sie ernst, als sie zu ihm unter die Decke kroch.

»Nimm mich einfach nur in den Arm, wie vorhin auf dem Boot.«

Er schmiegte sich an sie. Wie warm ihre Haut war. Er fühlte sich unendlich müde und geborgen und glitt schon nach wenigen Atemzügen hinüber in einen tiefen, traumlosen Schlaf.

Als Sandra die Augen aufschlug, saß Faber auf einem Schaukelstuhl und beobachtete sie. Verlegen drehte sie sich von ihm weg. Morgens fühlte sie sich schrecklich, außerdem war sie schon eine ganze Weile nicht mehr neben einem Mann aufgewacht. Aber dann fand sie sich albern, drehte sich um und blinzelte zu ihm herüber. Faber hielt eine Kaffeetasse in der Hand und lächelte sie an.

»Bist du schon lange auf?«, fragte sie. »Schlecht geschlafen?«

»Nein. Im Gegenteil. Nur ein bisschen zu kurz. Aber das macht nichts. Ich muss jetzt los.«

Erst jetzt fiel ihr auf, dass er vollständig angezogen war. Sein Kamerasack stand gepackt neben ihm.

»Kann ich noch etwas für dich tun?«

»Danke. Das hast du schon.« Er ging zum Bett, beugte sich zu ihr herunter und streichelte ihr Haar. »Ich weiß nicht, wann ich zurückkomme. Bitte suche nicht nach mir. Wenn alles vorüber ist, finde ich dich. Ich komme ganz sicher zurück.«

IV.

Konstantin Karamanolis war nicht zurückkehrt. Nichts wies darauf hin, dass er in der Zwischenzeit auf Paradies gewesen sein könnte. Kein Boot, keine Flagge am Mast, und der Zettel, den Faber unter die Tür geklemmt hatte, lugte immer noch hervor.

Der Hund hatte Hunger und Durst. Unruhig trottete er auf der Veranda des Haupthauses hin und her. Faber hatte keinen wirklichen Plan, hoffte anfangs noch, sein Vater sei nur kurz von der Insel verschwunden, statt sich einzugestehen, dass er ganz einfach zu spät gekommen war. Konstantin Karamanolis war fort.

Er hockte sich in den warmen Ufersand und ließ seinen Blick über das türkisfarbene Wasser streichen. Der Skipper hatte etwas von einem heraufziehenden Gewitter gemurmelt. Im Augenblick war davon nichts zu sehen. Der Himmel zeigte sich strahlend blau, das Meer lag ruhig da. Alles so lieblich und harmlos wie auf einem impressionistischen Gemälde. Faber lagen die rauen Meere, vor allem entsprachen sie seiner momentanen Stimmung. Das tiefe, fast schwarze Wasser, die plötzlich aufkommenden Winde, die drohenden Wolkenberge und die Gischt auf den gewaltigen Wellenkämmen, wie er sie in der vergangenen Woche in

Patagonien gesehen hatte. Ein Gewitter wäre eigentlich eine schöne Abwechslung, dachte er.

Lange saß er einfach nur da, fühlte sich leer, war traurig und wütend zugleich. Doch dann stand er ruckartig auf und lief entschlossen hinüber zum Schuppen. Von der plötzlichen Aktion angesteckt, sprang der Hund Faber zwischen den Beinen herum und humpelte winselnd und bellend zwischen Schuppen und ihm hin und her.

Mit zwei Fußtritten trat Faber die Holztür aus den Angeln. Das Sonnenlicht flutete den Raum. In der hinteren Ecke stand ein großer Stromgenerator. Daneben eine Reihe Benzinkanister. Er blickte sich suchend um.

Für die Tür des Bootshauses genügte ein einziger Tritt. Drinnen fand er sofort, was er suchte. Er nahm das Brecheisen und ging damit zum Haupthaus hinüber. Das Werkzeug hinterließ nur geringfügige Kratzspuren an der weiß lackierten Oberfläche der Türfüllung. Sie sprang auf und er betrat das Haus seines Vaters. Nach zwei Schritten stoppte er. Ganz anders der Hund, der an ihm vorbeilief und in einem der hinteren Räume verschwand. Vermutlich lag dort die Küche. Faber ließ die Kamera, die er reflexartig hochgerissen hatte, wieder sinken. Er war allein.

Eine schmale Holztreppe führte von der Diele ins Obergeschoss. Das von außen klein wirkende Haus war im Inneren erstaunlich geräumig. Faber betrat das rechts von der Diele abgehende Zimmer, zog die Vorhänge auf und sah sich um. Ein ordentlicher Haushalt, wie er schnell feststellte, karg möbliert.

In der Küche stand der Hund mit den Vorderläufen auf der Umrandung der Spüle und versuchte, wenigstens ein paar Tropfen Wasser zu schlecken. Faber durchsuchte die aufgeräumten Schränke. Selbst der Napf des Hundes war gespült und auf Hochglanz poliert. Verstaut, als würde er nie wieder gebraucht. Er atmete tief durch. Kostas hatte den Hund in vollem Bewusstsein zurückgelassen. Was war sein Vater bloß für ein Mensch? Er füllte die Blechschüssel mit Wasser aus der Leitung und stellte sie vor den Hund auf den Boden. Sie war schneller geleert, als sie gefüllt worden war. Im Vorratsschrank fand Faber das Hundefutter und löffelte den Inhalt einer Dose in den Fressnapf. Gierig verschlang der Hund auch das Fleisch. Faber musste sich abwenden. Der Geruch des Tierfutters war widerlich. Nach einer weiteren Portion wurde der Hund deutlich ruhiger. Trotzdem sah er Faber weiter erwartungsvoll an.

»Das reicht jetzt aber. Leg dich erst einmal in die Sonne, später gibt es noch mehr.«

Faber wusch sich die Hände, füllte sie anschließend mit Wasser und trank vorsichtig einen Schluck. Süßwasser, eindeutig. Ein unnötiger Test. Salzwasser hätte der Hund wohl kaum getrunken. Aber woher stammte das Süßwasser? Paradies war sicher nicht an die kommunale Wasserversorgung angeschlossen. Selbst auf der Hauptinsel wurde der tägliche Bedarf an Trinkwasser mit großen Tankschiffen angelandet. Er verließ das Haus und ging wieder zum Schuppen. Die zweite Maschine diente der Wasserversorgung. Von der hochmodernen Pumpe führte ein Versorgungsschlauch unter die Erde. Kostas bezog Wasser aus einem unterirdischen Süßwasserdepot und leitete es mittels einer Pumpe weiter zum Verteiler im Haus. Faber hatte während einer Reportage auf Norderney zum ersten Mal von dieser Technik gehört, aber noch niemals eine Pumpe im Einsatz erlebt. Viele Inseln weltweit, unter ihnen auch die Ostfriesischen, verfügten über tief liegende Wasserreserven. Regenwasser sickert durch den porösen Boden und sammelt sich in den gewaltigen Sandschichten unter der Insel. Süßwasser, mit seinem geringeren spezifischen Gewicht, schwimmt auf Salzwasser und bildet dort eine Süßwasserlinse, benannt nach ihrer Form. Steigt der Meeresspiegel, verbrackt das Süßwasser. Außerdem braucht man ausreichend große Niederschlagsmengen. Was in Ostfriesland kein Problem ist, bereitet den Menschen auf den Malediven einiges Kopfzerbrechen. Am Ende des Winters war die Linse unter Paradies wahrscheinlich gut gefüllt. Regnete es während der zu trockenen Sommermonate zu wenig, könnte Kostas' Wasservorrat schon einmal knapp werden. Trotzdem ein geniales Prinzip.

Faber ging zurück zum Wohnhaus. Er sah hinauf zum Himmel, keine Gewitterwolken weit und breit. Nach dem Stand der Sonne müsste es bereits nach Mittag sein. Und was hatte er bisher erreicht? Was konnte er hier überhaupt ausrichten? Jetzt, wo klar war, dass Kostas nicht mehr zurückkehren würde? Vielleicht fand er ja im Haus eine Nachricht seines Vaters. Schließlich hatte der Alte doch zumindest darauf gehofft, dass er seiner Einladung folgen würde. Ein weiterer Brief, das wäre das Mindeste, was er erwarten konnte. Er beschloss, das Haus systematisch nach persönlichen Gegenständen zu durchsuchen, die ihm mehr über seinen Vater verraten könnten.

Im Wohnzimmer entdeckte er eine kleine Musikanlage. Fünf verschiedene Jazz-Compilations lagen in der Schublade unter der Anlage. Eine für Verliebte, die nächste für die Zeit nach Mitternacht, eine nannte sich *Ladies' Jazz,* die vierte *Saxofon Klassiker,* während die fünfte *Far Away From you* hieß, und *Ballads For Heart & Soul* versprach. Faber schob sie in den CD-Schacht. Ella Fitzgeralds Stimme erklang im Raum. Jetzt war er nicht mehr allein.

Vor dem Fenster stand ein Rollwagen, bestückt mit einem reichhaltigen Sortiment an Alkoholika. Irischer Whiskey, Gin, Wodka, Ouzo, Raki, Wermut. Alle Flaschen waren angebrochen. Faber zögerte kurz, goss sich dann aber ein Glas Raki ein. Er probierte mit spitzen Lippen. Anisgeschmack mochte er eigentlich nicht. Trotzdem blieb er bei seiner Wahl. Der Schnaps brannte die Kehle hinab und wärmte ihn.

Vor einem schmalen Bücherregal stand ein Lesesessel, daneben ein kleiner Beistelltisch. Faber nahm seinen Raki und setzte sich in den Sessel. Viele der Bücher waren in kyrillischer Schrift verfasst. Er versuchte anhand der Titelbilder zu erraten, um welche Autoren oder welche Werke es sich handeln könnte. Die Griechen benutzten nicht nur ein anderes Alphabet, bei der Gestaltung der Schutzumschläge hatten sie ganz offensichtlich auch andere ästhetische Vorlieben. Dafür erkannte er die Bände in den beiden oberen Regalböden eindeutig; nicht nur, weil sie auf Deutsch abgefasst waren. Eine umfangreiche Karl-May-Sammlung. Zwei dieser hässlichen grünen Einbände hatten auch in seinem Kinderzimmer gestanden. Eines der Bücher hatte er begonnen zu lesen, es aber schon nach einigen Seiten gelangweilt wieder zur Seite gelegt. Konstantin Karamanolis besaß keine gut sortierte Bibliothek. Die Zusammenstellung schien wahllos. Sein Vater war ein Leser ohne ausgefeilten Geschmack. Niemand, für den die Welt der Bücher wichtig war, das erkannte er sofort. Viele der Bücher waren allerdings zerlesen, was auf mehrmaligen Gebrauch schließen ließ.

Faber schoss eine Reihe von Fotos. Von der Musikanlage und dem Barwagen. Er legte die Hüllen der fünf CDs nebeneinander und fotografierte auch sie. Dann das gesamte Bücherregal und die Karl-May-Bände noch einmal separat.

Die Wände waren nackt. Keine Gemälde, keine Fotos. Noch nicht einmal einen Fernseher gab es. Konstantin Karamanolis lebte auf Hydra, einer Künstlerinsel. Aber in seinem Haus deutete nichts darauf hin, dass er an den künstlerischen Prozessen seiner Zeitgenossen teilgenommen hatte. Auf Montage, hatte seine Mutter immer erzählt, auf Montage sei der Vater. Welcher Arbeit gingen Männer nach, die sich auf Montage befanden? Bohrinsel, fiel Faber als Erstes ein. War sein Vater etwa Mechaniker oder Ingenieur von Beruf? Dafür sprach der einwandfreie Zustand der beiden Maschinen im Schuppen. Kein Rost, gut geölt und tadellos erhalten. Die unterirdisch verlegte Wasserleitung, das Werkzeug im Bootsschuppen, die Art der Wassergewinnung. Er musste auf der Hauptinsel sein Geld verdient haben, ganz sicher würde er in den Hafenkneipen mehr über diesen Mann erfahren.

Hatte sein Vater abends in diesem Sessel gesessen? Im Winter? Im Sommer, wenn eine unerbittliche Sonne die Griechen aufstöhnen ließ, saß er sicher auf der Terrasse im Schatten und hoffte auf eine leichte Brise von der See. Aber im Winter, vielleicht schon im Herbst, wenn die Abende kühl wurden, dann saß er hier und sah aus dem Fenster. In diesem Sessel. So wie er gerade. Er las in den Büchern und nahm dabei einen Drink. Faber sah die Bilder genau vor sich. Leider fehlte seinem inneren Film immer noch der Hauptdarsteller.

Trank er viel? Zu viel vielleicht? Lebte er allein hier? Faber entschied sich, die weiteren Räume des Hauses zu durchsuchen. Er würde die Schränke nach Frauenwäsche durchstöbern, im Bad nach Parfums oder Körperlotion suchen. Wenigstens eine zweite Zahnbürste müsste sich doch finden lassen. Wenn eine Frau hier wohnte, und sei es auch nur vorübergehend, dann würde er es herausfinden. Allerdings nicht, wenn er noch lange in diesem Stuhl hockte und weitertrank.

Dem Wohnzimmer gegenüber befand sich ein weiterer Raum. Die Tür war verschlossen, es steckte kein Schlüssel. Faber bückte sich und spähte durchs Schlüsselloch. Auch von innen steckte der Schlüssel nicht. Warum schließt er die Tür ab? Faber spürte, wie er langsam wütend wurde.

Da er im Erdgeschoss nur noch einen Putzschrank mit Staubsauger, Besen, Schrubbern und diversen

Lappen vorfand, ging er hinauf in die obere Etage. Links vom Treppenabsatz lag ein kleines Bad. Hinten zwei weitere Türen. Faber fühlte sich unwohl. Nur ungern drang er in die Privatsphäre fremder Menschen ein. Wieder einmal half ihm seine Kamera. Als Erstes fotografierte er den Zustand des Badezimmers. Die enge Duschkabine, die Glasablage, den Wäschekorb. Dann zwängte er sich in den Raum, schloss die Tür und setzte sich auf den Toilettendeckel. Welche Lösung hatte Kostas für das Abwasser? Leitete er alles ungefiltert ins Meer? Spülte er mit kostbarem Süßwasser? Unwahrscheinlich. Bei der Akribie, mit der hier alles erdacht und erbaut schien, gab es irgendwo da draußen eine moderne Versickerungsanlage mit drei Kammern. Wahrscheinlich pumpte er Meerwasser zum Spülen der Toilette hier hinauf.

Vor der Dusche ein Vorhang. Schwarze Stockflecken verfärbten das untere Drittel des violetten Plastiks. Er schoss eine Detailaufnahme und freute sich, endlich etwas nicht Perfektes gefunden zu haben.

Auf der Glasablage unter dem Wandspiegel stand Kostas Rasierpinsel. Faber bekam einen Kloß im Hals. Schnell öffnete er die Badtür wieder und atmete erst einmal tief durch. Ein Schaumbecken daneben und natürlich der Rasierer selbst. Rasierwasser und eine Zahnbürste im Becher. Zahnseide. Alles was man als Mann mitnahm, wenn man zu einer Reise aufbrach. Unter dem Spülstein ein Wäschekorb – leer. Im gegenüberliegenden Wandschrank Haarwaschmittel, Handtücher, fein säuberlich nach Größe sortiert. Medikamente, alle Beschriftungen in Kyrillisch.

Noch einmal kehrte er zur Ablage zurück. Zögernd roch er an dem Rasierpinsel. Rasierseife. Kein spezifischer Geruch, der eine Erinnerung in ihm ausgelöst hätte. Erst als er am Rasierwasser roch, durchzuckte es ihn. Als Kind war ihm von diesem Geruch regelmäßig schwindelig geworden. Manchmal, auf längeren Autofahrten, sogar so übel, dass er sich übergeben musste. Seitdem weigerte er sich, Kosmetika zu benutzen. Wenn er sich rasierte, tauchte er anschließend das Gesicht in kaltes Wasser.

Ob er Gerüche wahrnehme, hatte Dr. T. ihn einmal gefragt. Faber versuchte sich zu konzentrieren. Hatte der Mondmann einen Geruch? Konnte er sich außer dem Rasierwasser an weitere Gerüche erinnern?

Erst in diesem Augenblick wurde ihm wirklich klar, dass er sich nicht im Haus eines imaginären Mannes befand. Er war im Haus des Mondmanns, seines Vaters. Sein Mund war vollkommen trocken, das Schlucken fiel ihm immer schwerer. Der Mondmann. Ein großer runder Fleck mit einer Schiebermütze. Eine Schiebermütze passte hierher. Wenn es keine Einbildung gewesen war, dann lag die Kappe hier irgendwo im Haus herum. Nein, nichts lag hier zufällig herum, sie würde am dafür vorgesehenen Platz sein. Doch wo war der? Faber begann vor Erregung zu zittern.

Er rannte die Treppe hinab, goss sich im Wohnzimmer zweifingerbreit Raki in sein Glas und stürzte ihn hinunter. Nach ein paar Minuten hatte er sich so weit beruhigt, dass er erneut die Treppe hochsteigen und den nächsten Raum, das Schlafzimmer seines Vaters, betreten konnte. Brechreiz stieg in ihm auf. *Hier stimmt etwas nicht.* Der Satz war Faber ins Hirn gebrannt, wie die dazugehörigen Bilder. In diesem Moment war es ihm unmöglich, die Kamera sinken zu lassen. Natürlich lag der Alte nicht im Bett. Ein gemachtes Einzelbett. Faber schlich zum Fenster, zog die Gardinen auf, öffnete beide Flügel, lehnte sich weit hinaus.

Das Meer lag unverändert da. Fehlte nur noch ein Rahmen um das Bild. Am Himmel zogen Wolken auf. Faber saugte die warme Luft in seine Lungen, er schwitzte, fürchtete, jeden Augenblick eine Hand auf seinem Rücken zu spüren. In seiner wachsenden Panik wäre er am liebsten aus dem Fenster gesprungen und weggerannt. Stattdessen nahm er all seinen Mut zusammen, blickte über seine Schulter, er war allein.

Das Zimmer war in freundlichem Blau gestrichen. Mittelmeerblau, selbst die Decke. Lediglich den Holzfußboden hatte Kostas natürlich belassen. Das Bett war aus Stahlrohr, das Kopfende kunstvoll geschwungen. Eine Tagesdecke lag über der Matratze. Bis auf das Bett, einen Einbauschrank und einen einfachen Holzstuhl war das Zimmer leer. Faber ergriff den Zipfel der gesteppten Decke. Mit einem Ruck riss er sie vom Bett. Die nackte Matratze blickte ihn an. Faber spürte seine Beklemmung fast körperlich. Er trat näher. Zentimeter für Zentimeter untersuchte er die Matratze. Auf halber Höhe fand er eingetrocknete Ränder.

Im nächsten Augenblick stolperte er benommen die Treppe hinunter. War es tatsächlich bereits so dunkel, dass er fast gegen den Holm der Wohnzimmertür gestoßen wäre, oder war ihm bloß schwarz vor Augen geworden? Er brauchte einen weiteren Drink. Mit der Flasche in der Hand taumelte er ins Freie. Machte erst halt, als er am Ende des Stegs angekommen war. Wieder ging sein Blick in die Ferne, wieder drehte er dem Haus den Rücken zu. Eine fette schwarze Wolke hatte sich vor die Sonne geschoben. Der Zeiger seiner Uhr zeigte Viertel vor fünf an. Eigentlich müsste es noch zwei Stunden lang Tageslicht geben, bevor es dann urplötzlich dunkel würde. Der Wandel von Tag zu Nacht vollzog sich auf Hydra fast ebenso übergangslos und schnell wie in den Tropen. Das war ihm bereits gestern während der kurzen Rückfahrt von Paradies nach Hydra Stadt aufgefallen.

Faber leerte die Flasche und schmiss sie ins Wasser. Ein paar Mal schritt er die Wiese vor dem Haus ab, bevor er zum Bootshaus lief und das Fahrrad, es war ein Mountain-Bike, vom Dach des Schuppens herunterließ und nach draußen rollte. Die Reifen waren gut gefüllt. Plötzlich tauchte auch der Hund wieder auf. Beschwipst ließ Faber sich mitsamt dem Fahrrad auf den Rasen fallen und begann auf das Tier einzureden.

»Da bist du ja wieder. Wo hast du gesteckt? Ich habe dich vermisst, na ja, nicht direkt ... Früher hatte ich auch mal so einen wie dich. Käptn. Und du, wie heißt du? Nein, sag nichts«, er kniete jetzt direkt vor dem Hund, »lass mich raten: Du heißt ... du heißt ... also ... Sieh mich mal an.« Faber zog den Kopf des Hundes so hoch, dass seine Nase fast die Schnauze berührte. »Warte, ich werde dich ...« Der Hunde bellte. »Was ist los mit dir?« Wieder kläffte das Tier. »Warum bist du denn so ungeduldig? Hast du etwa schon wieder Kohldampf? Lass mich mal überlegen.« Faber war aber gar nicht mehr in der Lage nachzudenken. »Ach was«, rief er, als habe ihn eine plötzliche Eingebung ereilt, »ich nenn dich einfach Beach. Ja, Beach, das ist prima! Hey Beach, was sagst du dazu? Und weißt du auch warum? Ich wette, du hast keine Ahnung. Weil ich dich nämlich kenne. Wir beide haben uns schon einmal getroffen. An einem Strand. Erinnerst du dich noch daran? Ich bin mit diesem Flugzeug weggeflogen.«

Faber brach in Tränen aus. Er rollte sich auf dem Rasen zusammen und weinte still. Der Hund leckte ihm die Hände, die er um seinen Kopf gelegt hatte, als bräuchte er Schutz.

Später richtete er sich auf, nahm das Fahrrad und begann, nachdem er sich die Augen mit seinem Hemd trocken gerieben hatte, die Strecke zwischen den Häusern auf und ab zu fahren. Zuerst fuhr er noch vorsichtig. Aber als er sich sicher genug fühlte, trat er so mächtig in die Pedale und bremste mehrmals so hart, dass seine Bremsspuren die Wiese immer stärker zerfurchten. Trotzdem fuhr er noch schneller, übte, wie man den Hinterreifen dazu brachte auszubrechen, was ganze Soden aus dem Grün schleuderte. Der Hund drehte fast durch. Er lief neben Faber her, zwei-, dreimal wäre er fast mit dem Fahrrad kollidiert. Er bellte, bis er heiser wurde, schnappte mehrmals nach Fabers Hose. Der lachte schallend und hörte erst auf, als die gesamte Fläche zwischen Steg und Haupthaus nur noch ein einziger durchpflügter Acker war. Die Regenfälle der vergangenen Tage hatten ein Übriges zur Zerstörung beigetragen.

Zufrieden betrachtete er von der Terrasse aus, mit einem Ouzo in der Hand, sein Werk. Erschöpft und verdreckt. Viermal war er bei einer Wende gestürzt. Aber er fühlte sich wohl. Seine Wut und Beklemmung waren verraucht.

Es war finster geworden. Im Augenblick sank der Feuerball gerade dem Horizont entgegen. Noch einmal blitzten vereinzelte Sonnenstrahlen auf und tauchten Kostas' Schlafzimmer in warmes Licht. Draußen hatte es ein paar Mal gedonnert, aber es war kein Regen gefallen. Die finsteren Wolken verwandelten den Charakter der lieblich mediterranen Landschaft in eine faszinierend bedrohliche Naturkulisse.

Faber öffnete den großen Einbauschrank des Schlafzimmers. Das Schrankinnere war unterteilt. Ein Drittel Fächer, die restlichen zwei Drittel überspannte eine Kleiderstange. Zwei Anzüge in Plastikhüllen fielen Faber als Erstes auf. Anlässe, einen Anzug zu tragen, gab es auf Hydra sicher nicht allzu viele. Am nächsten Bügel hing ein schwerer Mantel im Fischgrätmuster, gefolgt von einer Reihe taubenblauer Hemden. Alle mit langem Arm und Löchern für Manschettenknöpfe. Am Ende der Stange die Krawatten und Gürtel. Unten im Schrank standen vier Paar schwarze Schuhe. Budapester, fein säuberlich poliert in offenen Schuhkartons. Ein Bademantel hing innen an der Tür, ein bordeauxroter Morgenmantel mit schwarz abgesetztem Revers.

Und wieder rang Faber um Fassung. Er zog den Mantel vom Haken und hielt ihn ans Licht. Der Stoff war an vielen Stellen dünn, Licht schimmerte hindurch. Er sah seinen Vater vor sich, gestochen scharf wie in einer HD-Projektion. Nicht nur den Morgenmantel erkannte er wieder. Endlich hatte der Mondmann auch ein Gesicht.

Wieso konnte er sich auf einmal an den Mann erinnern, der lange Zeit ein Phantom geblieben war? Sein Vater, am Kaffeetisch. Mit diesem Mantel bekleidet, den dicken Bauch darunter nur notdürftig von einem Unterhemd verborgen. Konstantin Karamanolis war in sein Leben zurückgekehrt. Einmal geöffnet, fluteten Unmengen an verdrängten Bildern durch seine vordere Hirnhälfte und flossen ins verwaiste Becken seiner Erinnerungen. Seltsamerweise war keine bedrohlich oder den Bildern der Therapie auch nur ähnlich. Nichts Entlarvendes war dabei, keines bot Stoff für neue Spekulationen.

Es waren die Splitter eines normalen Familienlebens, die vor seinem Auge vorbeidefilierten. Gemeinsame Ausflüge von Vater, Mutter und den Kindern. Besitzerstolz über einen neuen Wagen. Eine Vielzahl kleiner Szenen. Die unterstützenden Arme beim Fahrradfahren, sanfte Ermahnungen in Restaurants. Vertrauen, Umarmungen, Zärtlichkeiten.

Fabers Stirn glühte. Die Wucht der einschießenden Erinnerungen ließ ihn wanken. Er setzte sich auf das Bett, das er eben noch gemieden hatte. Streckte sich darauf aus, um freier atmen zu können. Rollte sich im nächsten Augenblick zusammen wie ein Embryo. Ließ die Bilder laufen, ebenso die Tränen. Wieder weinte er. Erst schluchzte er auf, dass er sich vor sich selbst erschreckte. Dann heulte er so laut, dass der Hund die Treppe heraufgehumpelt kam, um nach seinem neuen Freund zu sehen.

Als er endlich wieder aufstehen konnte, zog er den Morgenmantel über seine vor Dreck starrenden Klamotten, ging im letzten Licht des Tages hinüber zum Schuppen und fand den Einschaltknopf des Generators. Mit einem Brummen sprang die Maschine an und brachte die Birne über Fabers Kopf zum Leuchten. Er ging zurück ins Haus und ließ sich müde im Schein der Stehlampe in den Lesesessel fallen. Eine ungekannte Schwere hielt ihn fest umklammert. Vom Kopf angefangen, über die verspannten Schultern bis zu den Armen und bleiernen Beinen. Hinter seiner Stirn herrschte ein Druck, dass ihm der Schädel zu zerplatzen drohte. Und dabei fehlten immer noch zwei Zimmer. Oben gab es ein weiteres, in das er noch nicht hineingeschaut hatte, und dann war da immer noch der verschlossene Raum im Erdgeschoss. Welche Überraschungen standen ihm noch bevor? Er leerte die Ouzoflasche und stieg, nachdem es draußen vollends dunkel geworden war, erneut die Treppe hinauf.

Faber betrat das hintere Zimmer, stieß gegen eine Holzkonstruktion und strauchelte. Mit lautem Getöse begrub er das Hindernis unter sich. Leicht benommen rappelte er sich wieder auf und suchte nach dem Lichtschalter. Was er sah, als die drei Strahler den Raum erhellten, entlockte ihm ein raues Krächzen. Selbst ohne Alkohol im Blut wäre das hier schwer zu erklären oder zu ertragen gewesen. In diesem Raum hing all das, was er in den übrigen vermisst hatte. Kostas hatte sich einen eigenen Platz für seine Erinnerungen geschaffen. Dutzende verblichener Fotografien überzogen die weißen Wände.

Die Bildergalerie überforderte ihn. Er ging in die Hocke und stocherte planlos in den Holzsplittern herum. Eine Staffelei, stellte er verwundert fest. Schmutzige Pinsel und Farbtuben lagen verstreut unter den Trümmern. Die dazugehörige Leinwand war durch den Aufprall unter eine Kommode geschleudert worden. Eine geborstene Latte hatte sie zerschnitten. Faber hob die Überreste des Bildes auf, hielt es über seinen Kopf und starrte es ungläubig an. Noch einmal stöhnte er auf. Voller Zorn trampelte er auf den Überresten der Staffelei herum.

»Du bist ja doch ein Künstler!« Fast spuckte er die Worte aus. »Unser Konstantin, ein großer Maler. Bravo!« Er applaudierte. »Und was soll das hier bitteschön sein?«, kreischte er und streckte die zerfetzte Leinwand einem imaginären Gesprächspartner entgegen. Auffordernd sah er in dessen Richtung. »Willst du mir das mal erklären? Was? Erklär's mir. Und was sollen die Scheißfotos hier überall? Kannst du mir vielleicht verraten, warum du die aufhebst? Du hast uns doch verlassen … Was? Fehlen dir die Worte? Du Verräter!«

Faber schrie so laut, dass das Echo von allen Seiten auf ihn einprasselte. Er ließ die Leinwand fallen und presste sich die Hände gegen die Ohren. Vornübergebeugt brüllte er weiter.

»Verräter. Verdammter Verräter. Scheinheiliger Mistkerl!« Er richtete sich auf und fegte große Teile der Bilder von der Wand. »Was glaubst du eigentlich, wer du bist? Warum bist du abgehauen, als ich dich am dringendsten gebraucht habe? Du feiger Hund.«

Er trommelte mit beiden Fäusten gegen die Wand, stieß mit der Stirn gegen die Mauer, bis ihm das eigene Blut heruntertropfte.

Benommen hielt er im Bad seinen Kopf so lange unter die Wasserleitung, bis die Kopfhaut vor Kälte kribbelte. Mit klatschnassen Haaren kehrte er zurück ins Zimmer der Erinnerung.

Die nächste Stunde hockte er mit untergeschlagenen Beinen auf dem Fußboden. Vor sich zwei Stapel mit Fotos. Der erste nur mit Bildern von Inka und ihm. Der zweite die Kinder mit ihrem Vater. Nur die Mutter, Kostas' Frau, war auf keiner der Abbildungen zu sehen.

Schnappschüsse in der Badewanne, Picknick im Wald, Inka im Badehöschen. Und er, der kleine Nackedei, den die große Schwester fröhlich versucht, mit dem Po in einen Waldbach zu tauchen. Im Zimmer spielend, Holzklötze, Eisenbahn, Puppenwagen. Bei den Aufnahmen eines oberitalienischen Sees erinnerte er sich daran, dass sein Vater ihn den ganzen Sommer über zum Schwimmenlernen zwingen wollte. Und auch, wie er immer neue Ausreden erfunden hatte, nicht zum Strand zu müssen. Ein knallrotes Planschbecken im Garten. Über den Gummiwülsten lag Inka, strampelnd. Erste Schultage mit prall gefüllten Schultüten. Inkas heilige Kommunion. Die Kinder vor dem Haus, auf der Haube des neuen Autos.

Zurechtgemacht vor dem Eingang eines Speiselokals. Beim Waldspaziergang. Andächtig in der Kirchenbank kniend, eine Kerze am Seitenaltar entzündend. In der heimischen Küche, beim Abendbrot, beim Zähneputzen und Dreiradfahren.

Faber begann die Fotos zu zerreißen. Systematisch trennte er die Kinder vom Vater. Er knickte das Papier ein und riss es dann mit einer schnellen Bewegung entzwei. Er behielt die Porträts seines Vaters, den Rest schmiss er achtlos in die Ecke.

Zu fast jedem Foto fand sich in diesem Zimmer das entsprechende Gemälde. Sein Vater hatte die Zeit damit verbracht, Kunstwerke von seinen Kindern anzufertigen. Leinwand um Leinwand hatte er vollgepinselt. Aufgetürmt zu einem riesigen Haufen lagen sie in der Ecke. Alle ungerahmt.

Konstantin Karamanolis musste verrückt sein. Für all das gab es keine andere vernünftige Erklärung. Die Fotos waren vierzig Jahre alt, während die Gemälde höchstwahrscheinlich erst auf der Insel entstanden waren.

Stimmten also Inkas Anschuldigungen? Schämte er sich für seine Taten? Hatte er begriffen, dass er Schlimmes angerichtet hatte? Und war das hier seine selbstauferlegte Buße? Malte er sie deshalb auf allen Bildern bekleidet, selbst wenn sie auf der Vorlage nackt waren? Inka trug auf allen Gemälden einen karierten Rock und eine geschlossene Bluse. Dazu Kniestrümpfe und flache Lackschuhe. Ihn hatte sein Vater in kurzen Lederhosen gemalt, selbst auf den Schneebildern. Eine Strickweste über einem gestreiften Hemd, dicke

Strümpfe und an den Seiten gebundene Halbschuhe. Sein Haar war kurz geschnitten, während Inka das ihre schulterlang und offen trug. Welche Sehnsucht verbarg sich in den Bildern? Welche Schlüsse ließen sich daraus ziehen?

Die Insel, das Haus, das Erinnerungszimmer, die Anwesenheit seines Vaters in jedem Detail waren eindeutig zu viel für Faber. Zumal er zwischendurch auch wieder von seinen Kriegserinnerungen heimgesucht und das Dickicht in seinem Kopf dadurch noch undurchdringlicher geworden war. Die geschändeten Frauen, die Kinder auf dem Fußboden. Manchmal schien es ihm, als sähe er Inka unter den Frauen. Dann hätte er sich am liebsten geohrfeigt, um aus diesem Albtraum zu erwachen. Stattdessen hockte er starr, den Kopf zwischen den Händen und hoffte, es möge bald aufhören, endlich zu Ende sein.

Mit hängenden Schultern schleppte er sich zurück ins Schlafzimmer. Er begann wieder zu trinken, während er im Schneidersitz auf dem Bett sitzend, die Konterfeis seines Vaters wie ein aufgedecktes Memory vor sich ausbreitete.

Das war er also: Konstantin Karamanolis. Ein junger Mann. Nicht allzu groß. Füllig und mit teigigem Kindergesicht. Dunkle Augen. Inka hatte die gleichen, fast schwarzen Augen gehabt wie ihr Vater. Faber beugte sich tiefer hinab. Traurig waren sie, die Augen, wenn man genau hinsah. Schwermütig. Es lag keine Freude in ihnen, keine Lebensfreude, selbst wenn er lachte nicht. Seine Zähne sah man nie. Die Haare dominierten. Schwarz gelockt, ein wilder Schopf, der nicht zu seinem biederen Aussehen passte. Manchmal hatte er sich Pomade ins Haar geschmiert und sie stramm und glänzend nach hinten gekämmt. Der Mann wirkte wie ein trauriger Harlekin. Ein Mensch in einer Verkleidung, in die ihn jemand gegen seinen Willen gesteckt hatte. Sein Anzug saß ihm im wahrsten Sinne zu eng. Er fühlte sich nicht wohl in seiner Haut, das sah man selbst auf diesen wenigen festgehaltenen Augenblicken seines Lebens. Und es wurde noch augenfälliger, folgte man dieser Fährte durch all die ausgebreiteten Fotografien. Aber lag in seinem Blick nicht auch etwas Unsicheres, Gütiges? Könnte dieser Mann Böses tun?

Faber lag jetzt fast auf den Bildern. Dieser Clown sollte eines seiner Kinder missbraucht haben, fragte er sich, vielleicht sogar beide? Er trank den letzten Schluck aus der Flasche. Elisabeth Loftus, die amerikanische Gedächtnisforscherin, fiel ihm wieder ein. Offensichtliches musste nicht wahr sein und der Schmerz hielt eine Reihe Trugbilder für traumatisierte Menschen bereit. Mit den eigenen Kindern gemeinsam in einer Badewanne zu planschen, war etwas Schönes und Verbindendes. Wenn die Gedanken dahinter rein waren. Das Entscheidende war, seinen Trieben zu widerstehen. Hatte sein Vater widerstanden? Er wünschte sich, daran glauben zu können.

»Ich glaube, du warst es nicht«, flüsterte er mit Tränen in den Augen. »Dazu wärest du nicht fähig gewesen, oder?«

Er streichelte seinem Vater über die Wangen. Bild

um Bild. Auf der letzten Fotografie trug Kostas die Mütze. Faber hob das Papier an. Der Mondmann. Das war Konstantin Karamanolis, sein Vater. Wo hielt er diese verdammte Schiebermütze versteckt? Für ihn gehörte die Kappe zu seinem Vater, wie die Kamera zu ihm gehörte. Sie musste hier irgendwo sein. Faber sprang vom Bett, verfing sich in den eigenen Beinen und schlug hart mit der Stirn auf den Fußboden. Den Schmerz spürte er kaum. Mühsam rappelte er sich auf, ging die wenigen Schritte zum Schrank und riss alles heraus, was in den Fächern lag: Nachtwäsche, Unterhosen, Unterhemden, Socken und ein paar abgetragene Pullover. Keine Schiebermütze. Er sah auf und blickte einer unbekannten Person in die Augen, erschrak vor seinem eigenen Spiegelbild. Blut und Schmutz hatten sein Gesicht entstellt, der verzweifelte Ausdruck seiner Augen schüchterte ihn ein. Vorsichtig hob er die Fotografie in die Höhe, hielt sie neben sein Gesicht.

»Vater?«, flüsterte er und fuhr mit der freien Hand über das Glas des Spiegels. Als das Bild nicht deutlicher wurde, wischte er sich durchs Gesicht, verschmierte sein Blut, konnte aber besser sehen. »Kostas? Du bist zurückgekommen.« Er drückte das Foto gegen seine Wange und schloss die Augen.

Er war zurück, sein geliebter Vater. Endlich konnten sie sich in die Arme fallen. Sie würden reden, die ganze Nacht lang und morgen und übermorgen. So lange, bis alles geklärt war. Er durfte nie wieder fortgehen. Sie würden gemeinsam schwimmen gehen. »Ja, ich habe es gelernt«, flüsterte Faber. Und rudern würden sie, fischen und wandern. Alles würde er mit ihm, seinem Vater besprechen, immer seinen Rat einholen. Dafür waren Väter doch da. Damit Söhne von ihrer Erfahrung profitieren konnten.

Faber blies die Backen auf. Mit einem Mal sah er seinem Vater auf dem Bild sehr ähnlich. Vielleicht war sein Haar zu unordentlich. Er versuchte es glatt zu ziehen. Vergeblich. Nebenan, im Bad, hielt er den Kopf ein weiteres Mal unter den Wasserhahn. Mit seinem Kamm kämmte er sich schließlich die Strähnen aus dem Gesicht. Jetzt klebte das schwarze Haar auf seiner Kopfhaut und glänzte.

Zurück vor dem Spiegel im Zimmer der Erinnerung verglich er sein Aussehen erneut mit dem seines Vaters. Dabei versuchte er sich an einem Lächeln, natürlich ohne die Zähne zu zeigen. Zufrieden ging er zum Bett und zog sich aus. Die Feinripp-Unterhosen seines Vaters waren ihm zu groß, dennoch zog er sich auch dessen Unterhemd über, stopfte sich das Kopfkissen zwischen den Bund der Unterhose und seinen Bauch und bedeckte alles mit dem Unterhemd, das er ebenfalls noch in die Hose stopfte. Er trat vor den Spiegel und begutachtete seinen dicken Bauch. Als Oberbekleidung wählte er eines der blauen Hemden. Die Arme krempelte er auf. Er hatte keine Ahnung, wo Kostas seine Manschettenknöpfe aufbewahrte. Die beige Leinenhose zog er bis kurz unter die Brust und befestigte sie dort mit einem Gürtel.

Derart verwandelt lief Faber im Zimmer auf und ab. Dabei drückte er den Rücken durch, sodass der Bauch besonders gut zur Geltung kam. Das Gesicht verzog er zu einer Grimasse. Er meinte sich auch an diesen Ausdruck auf dem Gesicht seines Vaters zu erinnern. Ausdruck seiner scheinbaren Überlegenheit. Dabei die Backen mit Luft gefüllt zu lassen, fiel ihm schwer.

Im Badezimmer schlug er Seife auf und rasierte sich sorgfältig. Trug er keinen Hut? Doch, aber nicht die weiße Schiebermütze. Die nur in der Freizeit. Einen Hut mit schmaler Krempe setzte er sich auch noch auf. Krawatte? Warum hatte er die vergessen? Er holte sich eine rot gepunktete aus dem Schrank, war aber nicht in der Lage, einen ordentlichen Knoten zu binden. Frustriert hängte er den Schlips zurück zu den übrigen. Er nahm sich die Zahnbürste seines Vaters und putzte sich damit ausgiebig die Zähne. Einige Tropfen Rasierwasser klopfte er auf seine rasierten Wangen und saugte die kühle Frische ein. Ihm wurde etwas übel, aber das verdrängte er sofort. Schließlich streifte er sich den roten Morgenrock über.

Im Wohnzimmer schlug Beach an. Bis dahin hatte der Hund friedlich vor sich hin dösend vor der Bücherwand gelegen. Fabers Auftritt schien ihn völlig aus der Fassung zu bringen. Er fletschte sogar die Zähne, knurrte bedrohlich und machte Anstalten, Faber anzuspringen.

»Ist ja gut, mein Junge«, sagte er mit beruhigender Stimme. »So lange war Herrchen doch gar nicht weg.« Damit drehte er sich um und beachtete ihn nicht länger. Er goss sich einen Drink ein, leerte das Glas mit einem Schluck und goss nach. Längst wusste er nicht mehr, was er trank. Er trank, was ihm in die Hände fiel. Mit einem der griechischen Bücher hockte er sich in den Schein der Stehlampe. Für eine Weile blätterte er darin herum und tat so, als sei er ganz in die Lektüre vertieft.

Ein Blitz brachte Bewegung in die eingefrorene Szenerie. Fabers Haltung änderte sich. Die plötzliche Helligkeit schien ihn zu irritieren. Als könne er das Licht nicht einordnen. Ferner Donner durchbrach die Stille des Raumes. Faber sah von dem Buch auf. Sein Gesichtsausdruck verklärte sich.

»Trinidad«, sagte er ungläubig in Richtung Tür gewandt. Das dunkle Timbre seines Vaters erfüllte den Raum und veränderte die Stimmung erneut. »Mein Junge. Bist du das?« Er blinzelte übertrieben, als ob ein Theaterscheinwerfer ihn blendete. »Ich dachte schon, du kommst nicht mehr. Schließ bitte die Tür, wir werden einen fürchterlichen Sturm bekommen … Mein Brief hat dich also erreicht? Noch einen Tag länger und wir hätten uns nie wieder gesehen, weißt du das?« Er fasste sich ans Herz. »Die Pumpe, verstehst du? Mit mir geht es zu Ende. Aber setz dich doch, mein Junge, setz dich mir gegenüber.« Er stand auf und schob einen imaginären Stuhl unter das Fenster. »Hierhin. Na los, Junge, steh doch nicht herum wie ein Fremder. Setz dich und lass dich anschauen. Siehst du mir ähnlich? Das habe ich mich die ganzen Jahre über gefragt, ob mein Junge mir wohl ähnlich sieht oder ob du mehr nach deiner Mutter kommst. Du bist blass. War sicher eine anstrengende Fahrt, nicht wahr? Das Haar …« Er lächelte. » … hast du von mir. Das ist sicher. Deine Mutter hatte diese dünnen Strähnen. Genau mein Haar. Du bist schlank.« Das Lächeln saß. »Das wiederum hast du ganz sicher nicht von mir. Sieh her.« Er schob den Morgenmantel auf und schlug sich auf den Bauch. »Willst du endlich still sein, Beach«, herrschte er den Hund an. »Trinidad, darf ich vorstellen: Das ist Beach«, erklärte er, »mein einziger Freund. Du erkennst wahrscheinlich Käptn in ihm wieder, oder? Ich sage immer, Beach ist eine Reinkarnation von Käptn. Bin wahnsinnig froh, dass ich ihn gefunden habe … Du hast dich um Käptn gekümmert, als deine Mutter mich aus dem Haus geschmissen hat, davon habe ich gehört. Dafür danke ich dir, mein Junge …« Er lachte. Beherrschte sich aber sofort wieder und bedeckte Zahnfleisch und Zähne züchtig mit den Lippen. »Mein Gott, bist du aber ernst … Wie bitte? Was soll denn hier nicht stimmen? Unfug. Wieso sagst du so etwas? Ich bin dein Vater und ich liebe dich … Natürlich tue ich das. Zweifelst du etwa daran? Du hast zu viel Schlimmes sehen müssen. Damals auf dem Balkan, im Nahen Osten, auf den Falklands und wo du überall warst … Woher ich das weiß, willst du wissen? Nun, ich weiß eine ganze Menge von dir. Von Inka, deiner Schwester. Im Gegensatz zu dir stand ich mit ihr immer im Kontakt. Schreckliche Geschichte übrigens. Ich konnte nicht von hier weg, sonst wäre ich selbst nach Chile geflogen. Ging nicht, nicht mit meinem schlechten Herzen, die Ärzte haben es mir verboten. Es hat mich sehr beruhigt, dass du dich um sie gekümmert hast. Einer von der Familie musste es ja tun. Und wie es aussieht, ist außer uns beiden keiner mehr übrig.« Er zog die Stirn in Falten und hörte aufmerksam zu. »Wie kommst du darauf? Wir hatten immer Kontakt, in all den Jahren. Ich habe sie sogar einmal da drüben besucht. Das war noch vor Enriques Tod, die Kinder waren noch sehr klein, das jüngste gerade erst geboren.« Er stockte. »Eine schöne Zeit hatten wir. Über zwei Monate, eigentlich den ganzen Sommer über. Als es hier Winter war, feucht und kalt. Sicher hast du bemerkt, dass ich keine Heizung habe. Nur einen kleinen Radiator. Alt werden ist nichts Schönes, Trinidad, glaub mir das. Jeder, der sagt, das Alter habe auch seine schönen Seiten, ist verrückt. Ach verdammt, wen interessiert's? … Einmal war Inka sogar hier … Was? Ja, hier bei mir. Natürlich. Was ist daran so ungewöhnlich? Ich hätte dich auch gerne hier gehabt. Hab dir hundertmal geschrieben. Das jetzt war mein letzter Versuch, schön, dass es endlich doch noch geklappt hat. Versteh mich bitte nicht falsch, ich mache dir keinen Vorwurf. Dir am allerwenigsten. Vielleicht hat deine Mutter die Briefe vor dir verheimlicht. Das jedenfalls war Inkas Meinung.« Wieder legte er die Stirn in Falten und hörte sich an, was sein Gegenüber zu sagen hatte. Plötzlich sprang er auf und trat derart heftig vor den Sessel, dass der gegen den Barwagen stieß und dabei die übrig gebliebenen Flaschen herunterfielen und zerbrachen. »Was soll ich getan haben?«, schrie er und stemmte dabei die Hände in die Hüften. »Junge, bist du von Sinnen? Ich soll meine eigene Tochter …? Moment mal. Stopp. Nicht so schnell. Ich soll mich an meiner Tochter vergangen haben und sogar an dir?« Seine Stimme war nur mehr ein Zischen. »Wie kommst du denn auf diesen Schwachsinn? … Sehe ich etwa aus wie ein Kinderschänder? Eine Therapie? Wer hat dir das eingeflüstert? Und wieso weiß ich davon nichts?« Er dachte nach, dann fuhr er kampfeslustig fort. »Nach all den Jahren hast du die Traute, hier aufzulaufen und mich zu beschuldigen? Pass auf, so läuft das hier nicht. Das hier ist meine Insel. Und hier kommt niemand her, um mich zu beleidigen, hast du das verstanden?« Er stand jetzt dicht vor dem Fenster. Angewidert wendete er sich ab und ging erregt im Zimmer auf und ab. Dabei faltete er die Hände vor der gewaltigen Kugel seines Bauchs.

In diesem Augenblick erreichte das Gewitter die Insel. Es entlud sich direkt über dem Haus, als wolle der Himmel jeden Augenblick auf die Erde niederstürzen. Beim ersten Grollen blieb er wie angewurzelt stehen, beim zweiten Blitz ließ er die Arme sinken, um sich beim nächsten Donnerschlag hinter den Sessel auf den Boden zu werfen. Mitten hinein in die Scherben und den ausgelaufenen Alkohol. Hektisch trat er nach der Stehlampe, bis diese umfiel und das Licht erlosch. Er zog die Knie an und starrte ängstlich in die Dunkelheit. Der nächste Blitz zuckte und erleuchtete das Zimmer taghell.

Genau in diesem Augenblick fiel Fabers Blick auf einen lebensgroßen Schatten vor der Fensterscheibe zur Veranda. Eine Silhouette, die exakt der seinen glich. Ein mittelgroßer Mann mit dickem Bauch. Faber schrie vor Schreck laut auf. Der Hund kläffte. Sie waren nicht mehr allein.

»Wer ist da«, brüllte er, um sich Mut zu machen.

Sollte sein Vater doch zurückgekommen sein? Auf Knien krabbelte er zur Haustür. Er griff zur Klinke und zog die Tür einen Spaltbreit auf. Ängstlich lugte er hinaus in die Dunkelheit. Nichts.

»Hallo?«

Ob er tatsächlich eine Antwort auf das klägliche Flüstern erwartete? Faber zog sich hoch, schob das Kissen, das herausgerutscht war, fester unter das Unterhemd und trat hinaus auf die Veranda. Der Sturm tobte und das Meer zeigte sich im Licht des vollen Mondes aufgewühlt und stürmisch.

»Vater«, brüllte er, »bist du das?«

Das Pfeifen des Windes war die einzige Antwort. Ein weiterer Blitz zerriss die Nacht und tauchte die Konturen der Landschaft in ein geheimnisvolles blaues Licht. Mächtiger, tief dröhnender Donner ließ ihn zusammenzucken. Das Gewitter stand noch immer direkt über der Insel. Angestrengt starrte er ins Gelände. Der nächste Blitz kam ihm zu Hilfe. Drüben beim Schuppen; die Gestalt verschwand gerade hinter der nordöstlichen Ecke des Gebäudes. Die Figur erschien ihm kleiner als vorhin, aber sie war auch weiter entfernt.

»Vater«, brüllte er in die Nacht. »Warte auf mich.«

Er rannte los, zum Schuppen, um diesen herum, zurück zur Rückseite des Hauses. Der Abstand verringerte sich nicht, dafür hatte er freie Sicht auf seinen Vater. Erstaunlich schnell für einen alten, kranken Mann. Er musste schneller laufen, Kostas durfte ihm nicht entkommen. Das war vielleicht seine letzte Chance. Faber jagte mit wehenden Schößen über das Gelände. Immer wieder rutschte er auf der nassen Wiese aus, rappelte sich auf und stolperte weiter. Er folgte dem Schatten bis zum Rande des Pinienhains. Wo war sein Vater? Er pumpte schwer, stützte sich vornüber auf die Knie. Ihn schwindelte, dann spürte er, wie es ihm säuerlich die Speiseröhre hochstieg. Er übergab sich. Mit dem Handrücken wischte er sich die Reste des Erbrochenen aus den Mundwinkeln und versuchte in den Hain hineinzuspähen. Bislang hatte er es nicht geschafft, tiefer ins Inselinnere vorzudringen. Jetzt wagte er sich entschlossen weiter vor. Die schwarze Wolkenwand, die eben noch weit draußen über der See lag, schob sich vor den Mond. Es wurde stockfinster. *Hier stimmt was nicht.* Faber zuckte zusammen wie unter einem Hieb, als ihn die Erinnerung erneut traf. Der Vater in diesem altmodischen Bett. Faber sah an sich hinunter. Begriff nicht, was er sah. Übergab sich erneut.

Er selbst war nicht in dem Bild aufgetaucht. Nicht in den Armen des Mannes, nicht im Bett. Vermutlich stand er in der Tür. Alles Weitere war Spekulation. Er zog das Kissen unter dem Hemd hervor und ließ es angewidert fallen. Er suchte nach dem Gürtel, der den Bademantel zusammenhielt, fand ihn aber nicht mehr.

»Du kannst ruhig rauskommen«, schrie er in die Dunkelheit der Nacht und spuckte aus. »Vor dir fürchte ich mich nicht mehr.« Von Stamm zu Stamm tastete er sich voran. Die Rinde der Bäume war hart und rissig. Ewig später trat er aus dem Wäldchen heraus. Es donnerte noch immer und hatte begonnen zu regnen. Faber spürte den Regen nicht. Im Licht des immer wieder hinter den Wolken auftauchenden Mondes war die Landschaft gut zu erkennen. Dort wo es schwarz wurde, begann das Meer. Rechts von ihm stieg die Insel an. Am Ende der Steigung stand der Vollmond. Faber hielt darauf zu. Immer wieder strauchelte er, fing sich wieder. Beim nächsten Straucheln landete er im Matsch. Stand immer wieder auf und erklomm so Meter für Meter den Hang. Kurz bevor er den Mond fassen konnte, sah er den Schatten wieder. Er bewegte sich nicht mehr. Stand einfach vor der großen runden Scheibe und wartete auf ihn. Jetzt sah er die Figur klarer. Sah auch, dass der Mann eine Kopfbedeckung trug, eine Schiebermütze.

Er musste ihm näher kommen, kam aber keinen Meter von der Stelle. Er knickte um, sein Knöchel meldete sich mit einem starken Schmerz. Auf allen vieren suchte er weiter sein Ziel. Er spürte, wie er sich die Knie aufschlug, wie die Hände einrissen und Blut von seiner Stirn tropfte. Wieder stand er auf, stapfte ein paar Schritte hangaufwärts. Auf dem Gipfel angekommen, wandte er sich nach rechts, streckte die Arme aus und griff nach seinem Vater. Der Schatten verschwand. Faber dachte schon, er sei ihm entwischt, als die Silhouette links von ihm erneut auftauchte. Der Mondmann schien ihn anzulächeln. Faber machte zwei Schritte auf ihn zu und wieder löste sich der Schatten auf.

»Bleib stehen«, brüllte er dem Phantom hinterher. Nichts veränderte sich. Sein Vater verhöhnte ihn.

Urplötzlich durchzuckte ihn die Erkenntnis mit einer Klarheit, wie er sie nie zuvor verspürt hatte. Lässig steckte er die Hände in die aufgenähten Taschen des Morgenmantels und fixierte den Schatten. Erst kicherte er, dann brach ein schepperndes Lachen aus ihm heraus und er begann zu tanzen. Im Rhythmus des Lachens drehte er sich um sich selbst. Eine tiefe Ruhe überkam ihn.

Zuerst verschwand die Schiebermütze. Dann löste sich die Silhouette von den Rändern her auf. Die letzten Fetzen trieb der Wind auf Faber zu.

»Leb wohl alter Mann«, flüsterte er. »War schön, dich noch einmal zu sehen.«

Am Ende seiner Kräfte und doch unendlich erleichtert stand Faber auf dem höchsten Punkt von Paradise Island, den Mond zum Greifen nah, als er ohnmächtig wurde. Er spürte den Sturz nicht mehr und auch nicht, wie er zuerst langsam, dann sich zwei-, dreimal überschlagend den Abhang hinabrollte. Unten schlug er mit dem Kopf gegen einen Stein.

V.

Er setzte sich auf. Sein Schädel drohte zu platzen. Langsam ließ er den Kopf sinken, nahm ihn zwischen beide Hände. Ihm wurde schlecht. Es gelang ihm, sich nicht zu übergeben. Er hatte Durst, blinzelte gegen die hoch stehende Sonne. Rasch schlug er die Augen nieder, die Helligkeit verstärkte den Schmerz. Zum Schutz legte er die Hand über die Augen. Das Meer, auf das er sah, war nicht mehr dasselbe. Welle auf Welle klatschte gegen den Strand. Ein starker Wind riss an ihm. Er blickte an sich hinab. Mein Gott. Schlamm bedeckte Teile seiner Kleidung. Die Füße waren schwarz, als hätte er noch niemals in seinem Leben Schuhe getragen. Wie kam er hierher und was hatte ihn so zugerichtet? Er versuchte die Zeiger seiner Uhr zu fixieren. Er schüttelte den Arm, als könne er damit die Tatsache vertreiben, dass es tatsächlich bereits früher Nachmittag war. Mühsam drehte er sich auf die Knie, drückte sich hoch und stand schließlich auf unsicheren Beinen. Alles tat ihm weh, jeder einzelne Knochen, den er im Leib trug. Mit schmerzverzerrtem Gesicht quälte er sich aus dem besudelten Bademantel und ließ ihn zu Boden gleiten. Alles zog er aus, bis er nackt in der Sonne stand. Die Strahlen taten seinem geschundenen Körper gut. Sein

Kopf aber sehnte sich nach absoluter Dunkelheit. Wo war er überhaupt? Das Haus und die Schuppen waren von seiner Position aus nicht zu sehen.

Unsicher setzte er sich in Bewegung. Die wenigen Bäume des Pinienhains ließ er hinter sich. Die Grasfläche dahinter glich eher einem Sumpfgelände. Mitten im Matsch lag das Fahrrad. Er ging erst einmal weiter bis zum Ende des Stegs. Stöhnend setzte er sich auf die warmen Holzplanken und planschte mit den Füßen im Wasser. Dadurch löste sich die verkrustete Schmutzschicht und Faber erkannte das Ausmaß seiner Verletzungen. Er brauchte schnell medizinische Versorgung. Zumindest Desinfektionsmittel, um die tiefsten Schnitte zu reinigen, und Verbandzeug, um die Wunden vor weiterer Verunreinigung zu schützen.

Vorsichtig ließ er seinen verdreckten Körper vom Steg ins Wasser gleiten. Das Mittelmeer war im April noch kein warmes Gewässer, aber gerade die kühlende Frische tat ihm gut. Nachdem er Grund gefunden hatte, tauchte er mehrmals den ganzen Körper unter Wasser. Langsam erwachten seine Lebensgeister wieder. Sein Kopf schmerzte allerdings weiterhin fürchterlich. Wieder tauchte er unter und versuchte sich unter Wasser das Gesicht und den Körper abzureiben. Frisches Blut tropfte ins Wasser, als er wieder auftauchte.

Die Tür des Haupthauses war verschlossen. Als er sie öffnete, überfiel ihn der Hund. Er winselte und kläffte.

»Ist ja gut«, sagte er entschuldigend und erschrak über das Krächzen seiner eigenen Stimme. »Entschuldige, dass ich dich eingesperrt habe. Ich mach dir was zu Fressen. Komm.«

Das Haus war völlig verwüstet. Herausgerissene Schubladen in der Küche, umgestürzte Möbel und leergefegte Buchregale im Wohnraum zeugten von Fabers nächtlichem Wüten. Dass er derartig viel Alkohol getrunken hatte, wurde ihm erst jetzt richtig bewusst. Mit einiger Sorge sah er auf die leeren Flaschen und das zerbrochene Glas. Das Zimmer roch nach einer Melange aus Whiskey und Wermut. Er öffnete alle Fenster. Erst dann machte er dem Hund sein Fressen.

Sein Rucksack lag in der Diele. Er durchwühlte ihn und fand, was er suchte. Mit einem Glas Wasser schluckte er drei Aspirin. Das Pflaster verklebte er in seinem Gesicht, für die Platzwunde auf der Stirn nahm er ein Küchenhandtuch, das er sich wie ein Schweißband um den Kopf wickelte. Immerhin wurden die Blutungen dadurch gestoppt.

Faber ging nach oben und suchte nach seiner dort zurückgelassenen Garderobe. Die Hose war ebenso vor Dreck starrend wie Hemd und Weste. Lieber hätte er frische Wäsche gehabt. Dennoch zog er seine eigene Unterwäsche wieder an. Der Gedanke, erneut die Kleidung seines Vaters anzuziehen, ließ ihn schaudern. Mit den restlichen Kleidungsstücken ging er auf die Veranda und schlug sie aus, bevor er sie wieder anzog. Danach kochte er Kaffee. Er fand eine Tasse, die nicht zu Bruch gegangen war, und nahm sie mit hinaus ans Wasser. Der Wind hatte die Wolken vertrieben. Der Himmel strahlte in feinstem Blau.

Faber war ganz bei sich. Er saß hier, dachte nach

und musste lächeln. Er hatte seine Fotoapparate in den letzten Stunden nicht einmal benutzt und wusste doch intuitiv, dass er früher die vergangene Nacht nur hinter einer Kamera ertragen hätte. Trotz schmerzender Glieder fühlte er sich leicht und entspannt.

Der Kaffee war längst getrunken, als Faber aufstand. Er wusste jetzt genau, was zu tun war. Und dafür blieb ihm nur noch wenig Zeit. Danach würde er zu Sandra zurückkehren und mit ihr gemeinsam nach Hause fliegen. Er würde sich erholen und in aller Ruhe die Angebote prüfen, die inzwischen eingegangen waren. Vielleicht ginge er auch für ein paar Monate nach New York, aber nur wenn Sandra mitkäme.

Im Haus packte er seine Sachen zusammen und brachte sie ins Boot. Dann begann er im Obergeschoss mit der Reinigung. Zuerst verstaute er alle Dinge wieder an den Ort, an dem er sie vorgefunden hatte. Er faltete die Kleidung seines Vaters zusammen und legte sie sorgfältig zurück in den Schrank, deckte das Bett mit der Tagesdecke zu, zog die Vorhänge vor und verschloss die Tür.

Im Zimmer der Erinnerung waren die Verwüstungen ungleich schwerer. Gott sei Dank fand er eine Schachtel mit Reißzwecken. Er klaubte die Fotografien, die er nicht zerrissen hatte, vom Boden auf, ordnete sie und pinnte sie wieder an die Wände. Die Gemälde stapelte er ordentlich übereinander. Alle bis auf zwei. Die brachte er nach unten und hängte sie an die Wand des Wohnzimmers. Die Überreste der Staffelei schaffte er nach draußen und warf das Holz neben den Schuppen.

Das Bad wischte er durch, es standen Pfützen auf den Kacheln. Reinigte Zahnbürste, Seifenbecken und Kamm und schloss auch hier die Vorhänge.

In der Küche kehrte er die Scherben zusammen und drückte alle Schubladen wieder in die Schränke, aus denen er sie herausgerissen hatte. Die Erinnerung daran fehlte ihm vollständig.

Noch schlimmer sah es im Wohnzimmer aus. Der Teppich war von verschüttetem Alkohol durchtränkt. Vorsichtig sammelte er die Scherben auf und warf sie in den Blecheimer. Da er nicht wusste, wohin Kostas seinen Müll brachte, stellte er den vollen Eimer in die Besenkammer.

Nachdem alles wieder an seinem Platz stand, füllte er einen Putzeimer mit Wasser und wischte alles feucht durch.

Faber sah auf die Uhr. Kurz vor sechs. Es wurde Zeit. Aber zuerst musste er noch die letzte Tür öffnen. Ein kurzer Tritt und er betrat den Raum. Er öffnete die Gardinen, um sich im Restlicht des Tages umzusehen. Der Generator, den er gestern Nacht angeworfen hatte, war längst verstummt. Vermutlich war der Maschine der Diesel ausgegangen, oder es gab eine Zeitschaltuhr. Es war ihm gleichgültig.

Der Raum war leer. Nicht leer geräumt, sondern einfach leer, wie eine Installation. Der nackte Fußboden war sauber gereinigt, die Wände weiß gestrichen. Ein schöner Raum. Quadratisch. Eine nackte Glühbirne hing an der Holzdecke. Die Aussicht erlaubte einen Blick in das Pinienwäldchen, das ihm in der Nacht wie ein undurchdringlicher Dschungel erschienen war. Erst als Faber sich umdrehte, um den Raum zu verlassen, sah er den kleinen weißen Tisch hinter der Tür stehen. Er schloss die Tür und prüfte die lackierte Oberfläche. Kein Staub. Hier lag nichts und hier hatte auch nichts gelegen. Sollte hier etwas liegen? Vielleicht der Abschiedsbrief, den er eigentlich erwartet und gesucht hatte? Gestern noch hätte er ihm die Welt bedeutet. Dass er heute fehlte, war ihm nicht mehr wichtig. Und dann fand er doch noch etwas, was ihm wichtig war. An einem simplen Haken, von innen an die Tür geschraubt, hing die Schiebermütze. Faber nahm sie und betrachtete sie von allen Seiten. Er wollte sie schon aufsetzen, und sei es nur, um festzustellen, welchen Kopfumfang sein Vater hatte. Doch er entschied sich dagegen. Ohne die Gardine wieder zu verschließen, verließ er das Haus und stapfte durch den Schlamm hinüber zum Schuppen. Mit zwei vollen Kanistern Diesel kehrte er zurück. Den ersten vergoss er in der oberen Etage, den zweiten bis auf ein Drittel im Erdgeschoss. Mit dem Rest zog er eine Spur über die Veranda die Treppen hinunter.

»Na komm schon.« Er erinnerte sich zwar daran, dass er den Hund gestern Beach genannt hatte, dachte aber nicht daran, ihn länger mit diesem albernen Namen zu rufen. »Spring ins Boot, na los. Wir haben noch einen langen Weg vor uns. Du wirst Sandra mögen, da bin ich mir ganz sicher.«

So ganz überzeugt schien der Hund nicht zu sein. Als er endlich mit ängstlich eingeklemmtem Schwanz im Ruderboot stand, ging Faber ein letztes Mal zurück.

Er zog das Feuerzeug aus der Tasche, entzündete einen getränkten Lappen und warf ihn auf die Veranda.

Im Boot griff er nach den Rudern und zog den Kahn erst einmal einige Meter vom Ufer weg in tieferes Gewässer. Der Hund winselte.

Es dauerte genauso lange, wie die Dämmerung brauchte, um aus einem hellen Tag den Beginn einer sternklaren Nacht zu machen, bis die Flammen aus dem Dach schlugen. Faber hatte die Fenster offen gelassen, um das Feuer mit ausreichend Sauerstoff zu versorgen. Fasziniert starrte er auf die lodernden Flammen. Alles fühlte sich richtig an.

»Willkommen im Paradies«, sagte er an den Hund gewandt und streichelte ihm dabei zärtlich über die Schnauze. Er nahm die Schiebermütze und setzte sie wie ein Schiffchen umgekehrt aufs Wasser. Dann ruderte er, ohne noch einmal zurückzusehen, davon.

BIBLIOGRAFIE

Der Text des Gedichts von Seite 20 ist zitiert nach: Charles Baudelaire, Sämtliche Werke und Briefe in 8 Bänden, Band 3, Le Voyage VII, Hanser Verlag München, 3. Auflage 2003, S. 337, Hrsg. Friedhelm Kemp und Claude Pichois, in der Übersetzung von Friedhelm Kemp und Guido Meister.

Die nachfolgenden Publikationen waren dem Autor bei der Recherche zu diesem Buch hilfreich:

Elisabeth F. Loftus: Creating False Memories, Scientific American Sept. 1977, vol 277 #3, pages 70–75

Reto U. Schneider, Nichts als die Wahrheit, NZZ Folio 12/01

Christian Stöcker, Hirn beim Verdrängen beobachtet, Spiegel online, 13.07.2007

Hans W. Korfmann, Der nette Leonard von nebenan, Zeit online, 25.10.2008

Harald Staun, Opfer der Objektivität, Frankfurter Allgemeine Sonntagszeitung, 24.01.2010